www.ingramcontent.com/pod-product-compliance
Lightning Source LLC
LaVergne TN
LVHW010434070526
838199LV00066B/6026
9789358728989

نرالی کہانیاں

(بچوں کی کہانیاں)

مرتبہ:

سید حیدرآبادی

© Dawah Academy Islamabad

Nirali KahaniyaaN *(Kids Short Stories)*
by: Syed Hyderabadi
Edition: September '2024
Publisher :
Taemeer Publications LLC (Michigan, USA / Hyderabad, India)

ISBN 978-93-5872-898-9

مرتب یا ناشر کی پیشگی اجازت کے بغیر اس کتاب کا کوئی بھی حصہ کسی بھی شکل میں بشمول ویب سائٹ پر اَپ لوڈنگ کے لیے استعمال نہ کیا جائے۔ نیز اس کتاب پر کسی بھی قسم کے تنازع کو نمٹانے کا اختیار صرف حیدرآباد (تلنگانہ) کی عدلیہ کو ہوگا۔

© دعوۃ اکیڈمی، اسلام آباد

کتاب	:	**نرالی کہانیاں** (بچوں کی کہانیاں)
ترتیب و تدوین	:	**سید حیدرآبادی**
مآخذ	:	دعوۃ اکیڈمی، اسلام آباد
صنف	:	ادب اطفال
ناشر	:	تعمیر پبلی کیشنز (حیدرآباد، انڈیا)
سالِ اشاعت	:	۲۰۲۴ء
صفحات	:	۶۴
سرورق ڈیزائن	:	تعمیر ویب ڈیزائن

فہرست

(۱)	برگد کا درخت	6
(۲)	سچی توبہ	14
(۳)	نیت کا پھل	27
(۴)	سچائی کا صلہ	35
(۵)	غرور کا سرنیچا	43
(۶)	نقاب پوش	48

محمد عمر احمد خان

برگد کا درخت

سردیوں کے دن تھے۔ سرد اور تیز ہوا چل رہی تھی۔ درختوں کے خشک اور کمزور پتے ٹوٹ ٹوٹ کر نیچے گر رہے تھے۔ ہوا انہیں اڑا کر دور لے جا رہی تھی۔

شاہد صاحب تیسری جماعت کو سائنس کا سبق پڑھا رہے تھے۔ سبق کا موضوع تھا "جانوروں کی کھال"۔ شاہد صاحب بچوں کو بتا رہے تھے کہ "جانوروں کی کھال ان کے ماحول کے مطابق ہوتی ہے۔ یہ انہیں جہاں گرمی و سردی سے بچاتی ہے وہیں دشمنوں سے بھی محفوظ رکھتی ہے مثلاً ہرن کی دھبے دار بھورے رنگ کی کھال اسے خشک جھاڑیوں میں گڈمڈ کر دیتی ہے جس کی وجہ سے وہ آسانی سے پہچانا نہیں جا سکتا اسی طرح برفانی ریچھ کی سفید کھال جہاں اسے سردی سے محفوظ رکھتی وہیں اسے دشمنوں سے بھی محفوظ رکھتی ہے۔ کیوں کہ اس کا سفید رنگ برف کے رنگ میں مل جاتا ہے اور وہ پہچان میں نہیں آتا۔"

شاہد صاحب ایک لمحے کو خاموش ہوئے پھر دوسرے ہی لمحے بولے،

"گرگٹ کو ہی دیکھ لیجئے جب وہ ہری ٹہنی پر جاتا ہے تو کھال کا رنگ ہرا کر لیتا ہے اور جب بھوری ٹہنی پر بیٹھتا ہے تو اپنی کھال کو بھورا بنا لیتا ہے۔"

شاہد صاحب خاموش ہوئے پھر انہوں نے اپنے بیگ سے کھال والے مختلف جانوروں کے ماڈل نکالے۔ بچوں کو جانوروں کی رنگین تصاویر دکھائیں اور ان سے متعلق سوالات کئے۔

بچے سبق میں پوری دلچسپی لے رہے تھے

شاہد صاحب نے آخر میں کلاس سے یہ سوال پوچھا :

"جانوروں کی کھال سے انسان کو کیا فائدے ہیں ؟"

شاہد صاحب کا یہ سوال سن کر پوری کلاس میں خاموشی چھا گئی۔ بہت سے لڑکوں کو شاید اس سوال کا جواب نہیں آتا تھا۔ جن کو آتا تھا انہوں نے ہاتھ کھڑے کر دیئے۔

شاہد نے شہباز سے کہا :

"شہباز ! آپ بتایئے !"

شہباز نے کھڑے ہو کر تفصیل سے جواب دیا۔ اس نے کہا :

"جانوروں کی کھال انسان کے لئے بڑی فائدہ مند ہوتی ہے۔ یہ انسانوں کے بڑے کام آتی ہے۔ جانوروں کی کھال سے جوتے، ہاتھوں کے دستانے، مونڈھے، جیکیٹس، کمبل، بریف کیس، چمڑے کا سامان، ڈھول ڈرم اور بہت سی چیزیں بنائی جاتی ہیں :

شہباز نے مکمل جواب دے دیا تو شاہد صاحب نے اسے شاباش دی پھر انہوں نے ایک مختصر سا لیکچر دیا۔ چند چھوٹے چھوٹے سوالات کئے آخر میں انہوں نے بچوں سے کہا۔ ”تمام بچے گھر کا کام لکھ لیں !“

بچوں نے کاپیاں اور پنسلیں سنبھال لیں۔ شاہد صاحب نے بورڈ پر چاک سے لکھا۔

”جانوروں کی کھال کے فوائد“ اس پر دس جملے گھر سے لکھ کر لائیں گے۔“

شاہد صاحب نے بچوں کو گھر کا کام دیا ہی تھا کہ چھٹی کی گھنٹی بج اٹھی۔

ٹن ٹن ٹن ...... !! ٹن ٹن ٹن ---------- !!!

کلاس کے تمام بچے قطار بنا کر باہر جانے لگے۔ شاہد صاحب نے دیکھا۔ شہباز سب سے پیچھے تھا۔ وہ آہستہ آہستہ قدم اٹھا رہا تھا۔ پھر کچھ دیر بعد وہ اسکول کے بڑے برگد کے درخت کے پاس نظر آیا۔ شاہد صاحب نے دیکھا وہ بڑی محبت سے درخت کے تنے پر ہاتھ پھیر رہا تھا۔ بڑی شفقت کے ساتھ اسے تھپتھپا رہا تھا۔ حالانکہ اس وقت برگد کا درخت خزاں کے موسم کی وجہ سے ٹنڈ منڈ ہو رہا تھا اور دیکھنے میں بالکل گنجا لگ رہا تھا۔

شہباز کافی دیر تک برگد کے درخت کے پاس کھڑا رہا۔ جب تمام لڑکے اسکول سے باہر چلے گئے تو وہ بھی آہستہ آہستہ قدم اٹھاتا ہوا اسکول سے باہر نکل گیا۔

شاہد صاحب نے تعجب سے اپنے دونوں شانے اچکائے۔ ان کی سمجھ میں یہ بات نہیں آئی تھی کہ شہباز برگد کے درخت کو محبت سے کیوں تھپتھپا رہا تھا۔

دوسرے دن ہاف ٹائم کے بعد والا پریڈ خالی تھا شاہد صاحب کلاس میں پہنچے تو تمام لڑکے ان کے احترام میں کھڑے ہو گئے۔ "بیٹھ جایئے!" شاہد صاحب نے لڑکوں کو بیٹھنے کا اشارہ کیا۔ تمام بچے اپنی نشستوں پر بیٹھ گئے تو شاہد صاحب بولے: "یہ پریڈ چونکہ خالی ہے اس لئے اس پریڈ میں ہم کچھ نہیں پڑھیں گے بلکہ میں آپ لوگوں سے کچھ باتیں کروں گا۔" شاہد صاحب کی یہ بات سن کر تمام بچوں کی آنکھیں چمکنے لگیں۔ بچوں کا خیال تھا کہ شاہد صاحب آج انہیں کوئی دلچسپ سی کہانی سنائیں گے۔

شاہد صاحب نے جب دیکھا کہ بچے پوری طرح ان کی طرف متوجہ ہو گئے ہیں تو انہوں نے کہا: "بچو! آج میں آپ لوگوں کو کوئی واقعہ یا کہانی نہیں سناؤں گا۔ بلکہ آج میں آپ لوگوں سے آپ کے ارادے معلوم کروں گا کہ آپ لوگ بڑے ہو کر کیا بنیں گے؟

شاہد صاحب کی یہ بات سُن کر کلاس میں ایک لمحے کو بالکل خاموشی سی چھا گئی۔ شاہد صاحب نے کلاس پر ایک طائرانہ نظر دوڑائی۔ جماعت کے تمام بچوں کے چہرے جوش سے سُرخ ہو گئے تھے۔ یوں لگ رہا تھا جیسے وہ جو بننا چاہتے ہوں بن گئے ہوں لیکن ابھی وہ تصور میں کچھ بن رہے تھے۔ اپنے ارادوں کو عملی جامہ پہنا رہے تھے۔

شاہد صاحب نے کلاس کے ایک لڑکے سے سوال کیا:

"ہاں کمال! آپ بتائیں کہ آپ بڑے ہو کر کیا بنیں گے؟"

"سر! میں ڈاکٹر بننا چاہوں گا تاکہ بیمار لوگوں کے کسی کام آسکوں۔"

"بہت اچھے! ہاں ارشد آپ کیا بنیں گے؟"

"سر! میں بڑا ہو کر پائلٹ بنوں گا اور دشمن کے جہازوں کو تباہ کر دوں گا۔"

ارشد نے بڑے جوش سے کہا۔

"ویری گڈ! اللہ آپ کو فوجی پائلٹ بنائے۔ ویسے آپ کے ارادے تو کافی خطرناک لگتے ہیں۔"

شاہد صاحب مسکرا کر بولے۔ پھر انہوں نے یہی سوال کلاس کے ہر بچے سے پوچھا۔ سب کے ارادوں میں ان کے پر عزم مستقبل کی جھلک نظر آتی تھی۔ کوئی انجینئر بننا چاہتا تھا، کوئی وکیل، کوئی استاد، کوئی فوجی، کوئی سیاستدان تو کوئی سائنسدان، کچھ بچے پڑھ لکھ کر ادیب اور شاعر بننا چاہتے تھے۔ ہر ایک کی خواہش تھی کہ بڑے ہو کر اور خوب پڑھ لکھ کر اپنے ملک پاکستان کا نام روشن کریں۔ کچھ کا ارادہ تھا کہ وہ پڑھ لکھ کر کھیلوں میں حصہ لے کر عظیم کھلاڑی بنیں گے۔ جاوید میانداد اور عمران خان کی طرح کھیلیں گے۔ شاہد صاحب کو بچوں کے خیالات سن کر خوشی ہو رہی تھی۔

کلاس کے تمام بچے اپنے اپنے ارادوں کا اظہار کر چکے تھے لیکن ایک لڑکا ابھی باقی تھا۔ کلاس کا سب سے ذہین اور لائق شاگرد۔ شہباز۔ شاہد صاحب نے سب سے آخر میں اس سے پوچھا:

"شہباز! تم بڑے ہو کر پڑھ لکھ کر کیا بنو گے؟"

"سر! میں بڑا ہو کر برگد کا درخت بننا چاہتا ہوں۔" شہباز نے بڑے

سکون کے ساتھ جواب دیا۔

اس کا یہ جواب سُن کر پوری کلاس ہنس پڑی۔ شاہد صاحب بھی چونک کر شہباز کی طرف دیکھنے لگے۔ کلاس میں چہ مگوئیاں ہونے لگیں۔ لڑکے حیرانی سے شہباز کو اس طرح دیکھ رہے تھے جیسے اس کی شاخیں نکل آئی ہوں اور وہ واقعی برگد کا درخت بن گیا ہو۔ کلاس کے ایک شریر لڑکے نے کھڑکی سے باہر جھانک کر برگد کے ٹنڈ منڈ درخت کا بغور جائزہ لیا پھر اس نے شہباز سے کہا:

"کیا واقعی تم برگد کا درخت بننا چاہتے ہو؟!!!"

ہاں! میں واقعی برگد کا درخت بننا چاہتا ہوں۔ اس میں حیرانی کی کوئی بات نہیں بلکہ میرا تو خیال ہے کہ کلاس کے تمام لڑکوں کو بھی برگد کا درخت بننا چاہیئے۔"

شہباز کا لہجہ ابھی تک پُرسکون تھا وہ بالکل سنجیدہ نظر آرہا تھا۔

اس سے پہلے کہ شاہد صاحب شہباز سے کچھ کہتے کلاس کے ایک لڑکے نے طنزیہ لہجے میں شہباز سے کہا:

"حیرت ہے تم برگد کا درخت بننا چاہتے ہو جو کہ خزاں کے موسم میں بالکل ٹنڈ منڈ ہو جاتا ہے جس کا ایک پتا بھی شاخ پر باقی نہیں رہتا!"

اس لڑکے کی یہ بات سُن کر شہباز پرسکون لہجے میں بولا:

"خزاں کا موسم تو انسانوں پر بھی آتا ہے لیکن یہ اس کے حوصلے کو آزمانے کے لئے ہوتا ہے۔ جس طرح مصیبتوں کے بعد راحت آتی ہے اسی طرح خزاں کے بعد بہار کا موسم بھی آتا ہے۔ نئے پتے' نئی امنگیں لے کر۔" شہباز ایک لمحے کو

سانس لینے کے لئے رُکا پھر دوسرے ہی لمحے اس نے کہا :

"جذبے اور حوصلے درخت کو کبھی ٹنڈ منڈ نہیں رہنے دیتے۔ وہ اُسے ہرا بھرا بنا دیتے ہیں۔"

"لیکن! تم برگد کا درخت کیوں بننا چاہتے ہو؟" شاہد صاحب نے شہباز سے پوچھا۔ وہ شہباز کا مطلب سمجھ چکے تھے لیکن اس کے منہ سے سننا چاہتے تھے۔

شہباز آہستہ لہجے میں بولا :

"سر! میں برگد کا درخت اس لئے بننا چاہتا ہوں کہ برگد کا درخت تیز دھوپ اور بارش سے لوگوں کو بچاتا ہے۔ لوگ اس کی ٹھنڈی چھاؤں میں سکون پاتے ہیں۔ اس کی لوری سُنتے ہیں۔ پرندے اس کی شاخوں میں گھونسلہ بناتے بسیرا کرتے ہیں۔ یہ ہر ایک کا مونس اور غم خوار ہے سر! ــــــ

میں اس کی طرح بننا چاہتا ہوں سر! اسی طرح لوگوں کی خدمت کرنا چاہتا ہوں۔"

شہباز بڑے جذبے سے بولا۔ اس کی آواز میں بڑا درد تھا۔ لوگوں کے کام آنے کا جذبہ تھا۔

شہباز کی پُر اثر باتیں کلاس کے تمام لڑکوں کے دل میں اُتر گئیں تھیں سب سے پہلے ایک لڑکا اپنی سیٹ سے کھڑا ہوا اور شاہد صاحب کی طرف دیکھ کر بولا :

"سر! میں ڈاکٹر بعد میں بنوں گا پہلے درخت بنوں گا۔ برگد کا درخت۔"

"سر! میں بھی شہباز کی طرح برگد کا درخت بنوں گا!" دوسرے لڑکے نے اپنی سیٹ سے کھڑے ہو کر کہا۔ آہستہ آہستہ پوری کلاس کھڑی ہو گئی۔

سب لڑکے ایک زبان ہو کر بولے:

"ہم سب برگد کا درخت بنیں گے۔ خود تکلیف اٹھا کر دوسروں کو آرام و سکون پہنچائیں گے بالکل اسی طرح جیسا کہ برگد کا درخت پہنچاتا ہے۔"

شاہد نے دیکھا تمام لڑکوں کے چہرے لوگوں کی خدمت کے جذبے سے تمتما رہے تھے۔ یوں لگ رہا تھا جیسے کلاس میں بہت سارے برگد کے درخت اُگ آئے ہوں اور ٹھنڈی اور پُرسکون ہوا چلنے لگی ہو۔

آمنہ امام

سچی توبہ

"عارف! ..... عارف بیٹا!" امی مسلسل آواز دے رہی تھیں۔

"کیا بات ہے امی" عارف نے انتہائی بیزاری سے پوچھا "بیٹا' ذرا دو کلو آلو بازار سے لے آؤ" امی نے نرمی سے کہا "امی میں ابھی تو کھیل کر آیا ہوں۔ آپ تو بس ......!"

"بیٹا بس ذرا جلدی سے لادو" امی نے پھر نرمی سے کہا

"اچھا امی لاتا ہوں" عارف نے گویا احسان جتاتے ہوئے کہا

" عارف یوں تو بہت پیارا بچہ تھا۔ نماز بھی پڑھتا تھا۔ لیکن نجانے کیسے اس کے ذہن میں یہ بات بیٹھ گئی تھی کہ اس کی امی اسے پیار نہیں کرتیں اسی لیے وہ آج کل بہت جھنجھلایا ہوا تھا۔

"اونہہ جب دیکھو یہ کام وہ کام مجھے بالکل نوکر کی طرح رکھا جاتا ہے۔ باقی سب کتنے آرام سے ہیں" عارف سوچتا ہوا جا رہا تھا" اماں کو دیکھو مجھ سے ذرا سا ہی چھوٹا ہے۔ اسے بھی کوئی کام کرنا چاہیئے مگر وہ ٹھاٹھ سے گھر میں پڑا رہتا ہے۔ اسے تو کوئی کچھ نہیں کہتا" سوچتے سوچتے عارف کی آنکھوں میں آنسو آ گئے "مجھے کوئی نہیں چاہتا، مجھ سے کوئی پیار نہیں کرتا۔"

اتنے میں سبزی کی دکان قریب آ گئی۔ عارف نے آلو لیئے اور گھر کی جانب رُوانہ ہو گیا۔

" اب دیکھنا یہی آلو سب مزے لے کر کھائیں گے۔ کسی کو خیال بھی نہیں آئے گا کہ میں کتنی مشکل سے لایا ہوں۔"

عارف جب گھر پہنچا تو اس کی امی اسی کا انتظار کر رہی تھیں

" لیجیئے!" عارف نے تھیلا امی کی جانب بڑھاتے ہوئے بدتمیزی سے کہا۔

" اچھا بیٹا' اب ایسا کرو کہ جا کر اماں کو دیکھ لو۔ وہ پڑھ رہا ہے۔ اسے تم سے کوئی بات پوچھنی ہے۔ اور اب تم بھی پڑھنے بیٹھ جاؤ" امی نے عارف کی گستاخی کو نظرانداز کرتے ہوئے کہا۔

" لو اور سنو' کام کر کے آؤ تو نیا کام تیار رہتا ہے۔ کیا مزے سے حکم مل رہا ہے۔" اماں کو دیکھ لو۔" اماں کو تو اتنا پیار کرتی ہیں امی۔ اور میرا انہیں کچھ خیال نہیں" شیطان نے پھر عارف کو بہکایا۔

" بھائی جان! پلیز ذرا یہ سوال سمجھا دیجئے۔" اماں نے لجاجت سے کہا۔

"تمیز سے بات کرو" عارف نے غرا کر کہا

"بھائی جان میں نے تو کوئی بدتمیزی نہیں کی"

"ہاں ہاں تم تو یہی کہو گے" عارف نے پھر کہا

"عارف یہ کیا ہو رہا ہے" امی نے اونچی آواز میں پوچھا

"امی یہ امان بدتمیزی کر رہا ہے"

"کیا بات ہے امان؟" امی نے پوچھا۔

"امی میں نے تو کچھ نہیں کیا" امان نے جواب دیا۔

"عارف تم چھوٹے بھائی کو بلاوجہ مت ڈانٹا کرو" امی نے عارف کی سرزنش کی

"ہونہہ!" عارف پاؤں پٹختا ہوا کمرے سے باہر نکل گیا۔

"ہمیشہ چھوٹے کے سامنے بڑے کی بے عزتی کر دیتی ہیں۔ میری اس گھر میں کوئی حیثیت ہی نہیں۔ حامد کی امی اسے کتنا چاہتی ہیں۔ ایک یہ ہیں" عارف پھر سوچنے لگا۔

"یا اللہ! میں کیا کروں" عارف کی آنکھوں میں آنسو آ گئے اور وہ یہی سوچتے سوچتے سو گیا۔

"عارف! اٹھو بھئی، دو گھنٹے ہو گئے ہیں تمہیں سوئے ہوئے" امی کی آواز آئی

"کیا بات ہے۔ کیا ہوا" عارف آنکھیں ملتا ہوا اٹھ گیا۔

"بیٹا۔ منّا رو رہا ہے۔ اس کو ذرا ٹہلا لاؤ"

"اور امان کیا کر رہا ہے۔ سو رہا ہوگا" عارف زہر بھرے لہجے میں بولا۔

"نہیں بیٹا وہ تمہارے ابو کے کام سے گیا ہوا ہے"

"ہونہہ! آپ کو کام کے لئے میں ہی یاد آتا ہوں"

"بیٹا ذرا جلدی کرو، منّا رو رہا ہے" امی نے پھر کہا

"اچھا!" عارف نے جواب دیا۔

اس نے منّے کو اٹھایا اور ٹہلانے لے گیا

"میں بھی تو امی کا بیٹا ہوں۔ میری کبھی اتنی فکر کی ہے انہوں نے۔ منّا تو ان کی آنکھوں کا تارا ہے۔ اور میں ..... ہونہہ"

عارف گھر پہنچا تو اس نے امی کو پھر اپنا منتظر پایا۔

"آگیا میرا بیٹا۔ اچھا بیٹا اب ذرا ہاتھ دھو کر کھانے کے لئے آجاؤ۔ تم تھک گئے ہو گے۔ بھوک لگ رہی ہوگی"

"اچھا امی" عارف پھر بیزاری سے بولا

امی نے کھانا بہت مزے کا پکایا تھا۔ عارف نے خوب ڈٹ کر کھایا

"اوہو! اب مجھے نیند آرہی ہے" عارف نے جمائی لیتے ہوئے کہا

"یہ کیا بات ہے عارف" تم ابھی سو کر اٹھے ہو۔ اتنی کاہلی اچھی نہیں ہوتی۔ امان کو دیکھو کب سے پڑھ رہا ہے تم بھی پڑھو۔ اب کے ابو نے کچھ خفگی سے کہا

"اچھا ابو" عارف مارے باندھے اٹھا۔ اور اپنا بستہ ٹٹولا۔

"اماں! اماں! میرا پین کہاں رکھ دیا ہے۔" عارف چیخا

"بھائی جان میں نے آپ کا پین نہیں دیکھا۔" اماں نے جواباً کہا

"بھائی کے بچے۔ تمہیں تو میں ابھی بتاتا ہوں۔۔۔۔۔"

عارف نے غصے سے کہا

"کیا بات ہے عارف، جب بھی پڑھنے کے لئے کہا جائے۔ تمہاری کوئی نہ چیز کھو جاتی ہے۔ اپنے بستے میں دیکھو وہیں ہوگا۔" ابو نے ڈانٹتے ہوئے کہا۔

عارف نے بھر بستہ کھنگالا۔ پین وہیں موجود تھا

عارف خاموشی سے کام کرنے لگا

"آؤ میں تمہیں پڑھا دوں" امی نے پیار سے کہا

عارف برا سا منہ بنا کر چپ ہو رہا۔

رات کو جب وہ سونے کے لئے لیٹا تو یہی خیالات اس کے ذہن میں موجود رہے اور وہ اسکول کا کام کئے بغیر سو گیا۔

"عارف اٹھو بیٹا۔ اسکول جانے کا وقت ہو رہا ہے۔" امی کی پیار بھری آواز سنائی دی

عارف نے منہ بسورتے ہوئے آنکھیں کھولیں

"پہلے اماں کو جگالیں"

"بیٹا اماں تو کب سے تیار ہے۔ بس تمہارا ہی انتظار ہے۔"

امی نے بتایا۔

عارف زبردستی بستر سے اٹھا۔اس نے چونکہ اسکول کا کام نہیں کیا تھا لہٰذا وہ اسکول نہیں جانا چاہ رہا تھا۔لیکن ابو کے ڈر سے جانا ہی پڑا۔اسکول میں بھی اسے ہر پیریڈ میں ڈانٹ پڑتی رہی اور اس کا الزام بھی وہ امی کو دیتا رہا۔

گھر آکر وہ رُونے لگا

"کیا بات ہے بیٹا" امی نے دریافت کیا۔

"آپ مجھ سے ہر وقت کام کرواتی رہتی ہیں مجھے اسکول کا کام کرنے کا وقت تک نہیں ملا۔ پتہ ہے آپ کو آج میری کتنی بے عزتی ہوئی ہے۔آپ نے اماں سے کل کوئی بھی کام نہیں کروایا تھا" عارف بولا

"بیٹا اماں نے کل سارا سودا سلف لاکر دیا تھا۔اس نے کل اپنی اور تمہاری الماری بھی ٹھیک کی تھی اور پڑھا بھی تھا۔تم سے تو میں نے دو ہی کام کہے تھے۔ پڑھا تم نے خود نہیں تھا" امی نے پیار سے سمجھایا خیر کوئی بات نہیں۔آج تم سارا دن دل لگا کر پڑھو میں تم سے کوئی کام نہیں کہوں گی"

مگر عارف بدستور روتا رہا۔پھر اس نے ظہر کی نماز پڑھی اور کھانا کھا کر سو گیا۔

شام کو اسے دادا جان کی مخصوص پیار بھری آواز نے جگایا۔

"دادا جان!" عارف خوشی سے کھل اٹھا۔ "آپ کب آئے۔ مجھے کسی نے آپ کے آنے کا بتایا ہی نہیں۔

"نہیں بیٹا۔ یہ بات نہیں' دراصل میں کوئی اطلاع دیئے بغیر ہی آیا ہوں۔ اچھا

اب تم اُٹھ کر منہ ہاتھ دھو لو۔" دادا جان نے کہا

عارف جلدی جلدی منہ ہاتھ دھو کر دادا جان کے پاس پہنچ گیا۔ ابھی وہ آیا ہی تھا کہ اذان کے مقدس الفاظ فضا میں رس گھولنے لگے۔ دادا جان، ابو جان، اور للان مسجد جانے کے لیئے تیاری کرنے لگے۔

"عارف تم نہیں چلوگے" دادا جان نے پوچھا

"جی چلتا ہوں" عارف نے جواب دیا اور سب نماز پڑھنے چلے گئے۔

دادا جان عارف کو بے حد چاہتے تھے جب بھی وہ ان کے ہاں آتے، ہر روز عارف کو سیر کرانے لے جاتے، اسکول کا کام کرواتے، اور سب سے بڑھ کر یہ کہ روز رات کو سوتے وقت کوئی نہ کوئی کہانی سناتے۔ عارف کو یہ سب بڑا اچھا لگتا تھا۔ اسی لئے وہ دادا جان کو دیکھ کر خوشی سے کھل اٹھا تھا۔ اور وہ غصہ جو اس پر ایک ہفتے سے طاری تھا، کافی حد تک کم ہو گیا

نماز پڑھ کر واپس آئے تو دادا جان عارف سے کہنے لگے۔

"بیٹا، ہمارے ایک دور کے عزیز ہیں۔ ہم ان کے ہاں جا رہے ہیں۔ آپ بھی چلئے"

عارف عارف خوشی خوشی تیار ہو گیا

"چلئے دادا جان ہم تیار ہیں" عارف بولا

راستے میں دادا جان عارف کو رسول پاکؐ کی پیاری پیاری باتیں بتاتے رہے

" بیٹا ہمارے نبی' حضرت محمد صلی اللہ علیہ وسلم تو سارے جہان کے لئے بس رحمت ہی رحمت تھے۔ آپؐ نے سب کو پیار و محبت کا درس دیا اور فرمایا کہ سب مسلمان آپس میں بھائی بھائی ہیں" دادا جان نے بتایا

" جیسے میں اور امان بھائی ہیں" عارف بولا

" ہاں بیٹا جیسے آپ اور امان" دادا جان نے شفقت سے جواب دیا۔

اسی طرح باتیں کرتے ہوئے وہ اپنے رشتہ دار کے گھر پہنچ گئے' دادا جان نے دروازہ کھٹکھٹایا تو تقریباً عارف ہی کی عمر کے ایک بھولے بھالے بچے نے آکر دروازہ کھولا۔ دادا جان اور عارف کو ادب سے سلام کیا اور انہیں گھر کے اندر لے گیا جہاں اس کے ابو بھی موجود تھے۔ انہوں نے بھی ان لوگوں کا بڑے تپاک سے استقبال کیا۔

'حامد صاحب' یہ غالباً آپ کے پوتے' عارف ہیں" ان صاحب نے دادا جان سے پوچھا

" آپ بالکل درست سمجھے' خالد صاحب' یہ عارف میاں ہی ہیں"

" ماشاءاللہ' اب تو یہ کافی سمجھدار ہو گئے ہیں۔ پہلے جب دیکھا تھا تو بہت چھوٹے سے تھے" خالد صاحب نے مسکرا کر کہا " اچھا عارف بیٹا آپ اپنے بھائیوں میں جا کے بیٹھیے۔ ہم آپ کے دادا جان سے کچھ باتیں کرتے ہیں"

خالد صاحب کے چار بیٹے تھے۔ راشد' آصف' عبداللہ اور شاہد۔ شاہد جس نے ان کے لئے دروازہ کھولا تھا۔ سب سے چھوٹا تھا۔

عارف' شاہد سے ادھر ادھر کی باتیں کرنے لگا ۔ باتوں کے دوران عارف

نے محسوس کیا کہ گو شاہد کے کپڑے وغیرہ صاف ہیں. لیکن پھر بھی اس کے لباس پر سیاہی کے کچھ دھبے ہیں اور ان کے گھر میں بھی کچھ زیادہ سلیقہ نظر نہیں آرہا تھا

"کیا بات ہے شاہد بھائی آپ کے لباس پر یہ دھبے کیسے؟۔ ہمارے نبیؐ گندے کپڑے پہننے والوں کو ناپسند فرماتے تھے۔" عارف نے آخر کار کہہ دیا۔

"وُہ........ بات یہ ہے کہ مجھ سے کپڑے صاف نہیں دھلتے" شاہد کے لہجے سے شرمندگی عیاں تھی.

"ارے! تو کیا آپ کی امی آپ کے کپڑے نہیں دھوتیں" عارف نے حیرانگی سے کہا

"میری امی اللہ میاں کو پیاری ہوگئی ہیں۔" یہ کہتے ہوئے شاہد کی آنکھوں میں آنسو آگئے۔

"معاف کیجئے گا شاہد بھائی، میرا مقصد آپ کو تکلیف پہنچانا نہیں تھا۔" عارف کو واقعی افسوس ہوا تھا۔

اچھا یہ بتایئے۔ آپ کے لئے کھانا کون پکاتا ہے؟" عارف نے کچھ دیر کے وقفے کے بعد پھر سوال کیا

"ابو جان تو صبح دفتر چلے جاتے ہیں۔ ہم بھائیوں کو بھی اسکول یا کالج جانا ہوتا ہے. ہم سب بغیر ناشتہ کئے ہی چلے جاتے ہیں۔ دوپہر کو بڑے بھائی صاحب' جیسا تیسا پکاتے ہیں اور ہم لوگ صبر شکر کر کے کھا لیتے ہیں۔

جب امی جان زندہ تھیں تو ہمیں اپنے ہاتھ سے اتنے مزے کے کھانے پکا کر

کھلاتی تھیں کر بس۔ عارف بھائی! سچ ہے ماں سی محبت کوئی اور دے ہی نہیں سکتا"

شاہد نے جواب دیا۔ اور عارف کو فوراً ہی اپنی امی کے ہاتھوں کے پکے ہوئے مزیدار کھانے اور امی کا پیار بھرا انداز یاد آ گیا۔

"آپ کو معلوم ہے۔ ہماری ایک پیاری سی چھوٹی سی ننھی منی بہن بھی ہے۔ وہ تو ابھی صرف ایک سال کی ہے"

شاہد نے بتایا۔

"اچھا، تب تو آپ اس کے ساتھ خوب کھیلتے ہوں گے۔ میرا بھی ایک بڑا پیارا سا بھائی ہے وہ بھی صرف ایک ہی سال کا ہے۔ میں روزانہ اسے ٹہلانے لے جاتا ہوں"

عارف نے مسکرا کر جواباً کہا

"نہیں عارف بھائی" شاہد نے پھر افسردگی سے جواب دیا۔ "کاش ہم بھی اس کی معصوم باتوں سے محظوظ ہوتے۔ لیکن کیا کیا جائے۔ ہمارے ہاں تو کوئی اس کی دیکھ بھال نہیں کر سکتا، اس لئے ہماری خالہ جان اسے اپنے گھر لے گئی ہیں۔ کبھی کبھار ہی ہم اپنی پیاری بہن سے مل پاتے ہیں"

"اوہ!" عارف کو بے حد افسوس ہوا۔

اتنے میں شاہد کے بڑے بھائی چائے بنا کر لے آئے۔ ان لوگوں نے چائے پی اور خدا حافظ کہہ کر واپس آ گئے۔

واپسی میں عارف میاں کچھ چپ چپ تھے

"کیا بات ہے بھئی۔ آج آپ اتنے خاموش کیوں ہیں"

دادا جان نے پوچھا۔

"دادا جان، شاہد کی امی نہیں ہیں۔ اس کو ہر کام خود ہی کرنا پڑتا ہے۔"

"ہاں بیٹا یہ بڑے افسوس کی بات ہے۔ آپ کو تو شکر ادا کرنا چاہیئے کہ اللہ تعالیٰ نے آپ کو اتنا پیار کرنے والی امی دی ہیں۔ خدا انہیں لمبی عمر دے۔" دادا جان بولے

"ہاں دادا جان، امی کا وجود تو واقعی بہت بڑی نعمت ہے"

عارف بولا۔

"ہاں بیٹا، خدا کا لاکھ لاکھ شکر ہے کہ آپ کو اس کا احساس ہو گیا۔ بیٹا آپ کی امی آپ کو بہت چاہتی ہیں۔ انہوں نے بڑی مشقتیں جھیل کر آپ کو پالا ہے۔ اگر وہ آپ سے گھر کا تھوڑا بہت کام بھی کرواتی ہیں۔ تو بیٹا اس میں بُرا ماننے کی کیا بات ہے۔ آخر گھر کے کام سب مل جل کر ہی کرتے ہیں نا۔ پھر آپ کی امی آپ کے کتنے کام کرتی ہیں۔ آپ کے لئے کھانا پکاتی ہیں۔ کپڑے دھوتی ہیں۔ اسکول کا کام کرواتی ہیں اور سب سے بڑھ کر یہ کہ وہ یہ سب کچھ کسی ذاتی غرض یا لالچ سے نہیں بلکہ آپ کی محبت میں کرتی ہیں۔ بیٹا ماں کی محبت کا کوئی بدل نہیں ہے۔ ہمارے پیارے نبی حضرت محمد صلی اللہ علیہ وسلم نے فرمایا ہے کہ "جنت ماں کے قدموں تلے ہے"۔ بیٹا، ماں کے احسانات کا تو کسی طور بدلا نہیں اتارا جا سکتا۔"

"جی ہاں دادا جان۔ آپ بالکل صحیح کہہ رہے ہیں"

عارف بولا۔

" ہم آپ کو ایک واقعہ سناتے ہیں۔ ایک مرتبہ، ایک شخص نے ارادہ کیا کہ اپنی ماں کو سات حج کروائے گا۔ اس نے چھ حج کروائے۔ ساتویں پر، اسے خیال آیا کہ شاید اس نے اپنی ماں کا حق ادا کر دیا ہے۔ اس رات جب وہ سویا تو اسے خواب میں ایک بزرگ نظر آئے۔ انہوں نے اس سے کہا، تم سمجھتے ہو تم نے اپنی ماں کا حق ادا کر دیا۔ تمہیں یاد نہیں ہوگا۔ لیکن ایک رات جب تم بہت چھوٹے تھے سردی کے دن تھے۔ تم نے پیشاب کر کے بستر گیلا کر دیا کمرے میں سونے کی کوئی اور جگہ نہیں تھی۔ تمہاری ماں صرف اس لئے کہ تمہیں ٹھنڈ نہ لگ جائے۔ گیلی جگہ پر لیٹ گئی اور تمہیں خشک جگہ پر لٹا لیا تاکہ تم گرم رہو۔ اور خود ساری رات سخت سردی میں کپکپاتی رہی۔ تم تو ابھی اس ایک رات کا حق ادا نہیں کر سکے۔ ساری عمر کی تو بات ہی کیا ہے" دادا جان اتنا کہہ کر کچھ دیر رکے عارف شرمندہ نظر آ رہا تھا۔

" سنا تم نے بیٹا۔ ماں کی مشقت کیا ہوتی ہے۔ وہ اپنی عمر کا بہترین حصہ اپنی اولاد کی محبت میں اولاد پر قربان کر دیتی ہے۔ بیٹا، اللہ میاں کے بعد امی ہی سب سے زیادہ پیار کرنے والی ہستی ہیں۔ امی اگر ڈانٹتی بھی ہیں تو یہ تمہارے ہی فائدے کے لئے ہوتا ہے۔ اسی لئے تو ہمارے رسولؐ نے فرمایا ہے کہ ماں باپ اگر سختی بھی کریں تو بھی ان سے اُف نہ کیا جائے اور ہمیشہ ان کی فرمانبرداری کی جائے۔ بیٹا جس کی امی اس سے ناراض ہوں، اللہ میاں بھی اس سے ناراض ہو جاتے ہیں

" دادا جان آپ ٹھیک کہتے ہیں۔ میں آج ہی امی سے معافی مانگوں

گا ۔ اللہ میاں سے توبہ کروں گا اور اچھا بچہ بن جاؤں گا ۔ عارف صدق دل سے بولا۔

دادا جان مسکرا اٹھے اور دونوں تیز تیز قدموں سے گھر کی جانب بڑھنے لگے۔

قیصرہ بیگم

نیّت کا پھل

امین صاحب ایک غریب لیکن با اخلاق اور نیک طبیعت کے انسان تھے اس کی وجہ سے ہر کوئی اُن کی عزت کرتا تھا۔ دفتر میں ہی نہیں بلکہ محلے میں بھی لوگ ان کی عزت کرتے تھے ان کے دوست کبھی کہیں دُور جا رہے ہوتے تو اپنے گھر کا قیمتی سامان زیور وغیرہ امانت کے طور پر امین صاحب کے پاس رکھوا دیتے جو انہیں واپسی پر ویسا ہی مل جاتا تھا۔

امین صاحب کی بیوی بچے بھی اچھی عادت اور اخلاق کی وجہ سے محلے میں مشہور تھے بعض اوقات پڑوسی جاتے وقت اپنے گھر کی چابی اور گھر کا سامان رکھنے کے لئے انہی کو زحمت دیتے جو یہ پوری ذمہ داری سے انجام دیتے۔

ایک دفعہ ان کے ایک دوست دوسرے شہر میں اپنے کسی عزیز کے ہاں جانے لگے تو اپنے گھر سے قیمتی زیور ان کے پاس رکھنے کے لئے آئے اور کہا کہ میں تقریباً ایک ڈیڑھ ماہ میں آؤں گا تو واپس لے لوں گا۔

امین صاحب کے پاس تین دوستوں کی امانتیں پہلے سے موجود تھیں۔ امین صاحب نے وہ زیور بھی لے کر ایک رومال میں باندھ کر اپنی الماری میں رکھ دیا ان کے پاس اب چار دوستوں کی امانتیں جمع ہو گئیں تھیں۔

یوں تو امین صاحب ایک سرکاری دفتر میں کلرک تھے اور ان کی آمدنی بھی کم تھی لیکن ان کی بیوی ایک سلیقہ مند خاتون تھیں جو کم پیسوں میں بچوں کی پڑھائی اور اپنے گھر کا خرچہ بہت اچھی طرح سے نکال لیتی تھیں کہ کبھی قرض لینے کی نوبت نہ آتی۔

لیکن بعض دفعہ جب بچے کسی چیز کی فرمائش کرتے ہیں تو انہیں سمجھانے میں مشکل ہوتی یا کبھی کوئی بیمار ہوتا تو اس کے علاج میں خرچ بڑھتا تو کھانے پینے کے پیسوں میں کمی آتی۔ لیکن ان کی بیوی کبھی اُف بھی نہ کرتیں اور کسی نہ کسی طرح اپنی محدود آمدنی میں ہی گذارہ کر کے شکر ادا کرتیں اور اللہ سے دُعا کرتیں کہ اے اللہ اگر آج ہم پر یہ دن ہیں تو کل ہمارے دن اچھے ہو جائیں۔ وہ کبھی بھی کسی مصیبت سے نہیں گھبراتی تھیں۔ ہر حال میں اللہ کا شکر ادا کرتی تھیں۔

جس روز امین صاحب کے دوست اپنی امانت اِن کے پاس رکھوانے آئے ان کی بیٹی کی طبیعت بہت خراب تھی۔ ان کا بمشکل گھر کا خرچ چل رہا تھا وہ سوچنے لگے معلوم نہیں لوگوں کے پاس اِتنا زیور اور روپیہ پیسہ کیسے جمع ہو جاتا ہے کہ وہ اُس کو استعمال کرنا تو دوسری بات ہے حفاظت کے لئے بھی دوسروں کے پاس رکھواتے ہیں۔

امین صاحب رات کو نماز پڑھ کر سونے لگے تو ان کی بیوی نے کہا آج آپ ذرا

نہیں لائے رانی کی طبیعت اور بگڑ جائے گی ابھی چند دن دوا استعمال کرنے سے تو طبیعت سنبھلی ہے۔ آپ جا کر اس کی دوا لے آئیں ابھی میڈیکل سٹور کھلا ہوگا۔

امین صاحب بولے: اس وقت تو میرے پاس صبح دفتر جانے کے لئے بھی پیسے نہیں ہیں کل پہلی تاریخ ہے تنخواہ ملے گی تو میں پہلے اس کی دوا ہی لے کر آؤں گا۔ امین صاحب کی بیوی اِن کو کھلے پیسے دیتے ہوئے بولیں یہ میں نے رانی کے جیب خرچ سے بچے ہوئے پیسوں سے نکالے ہیں۔ جا کے دوا بھی لے آئیں اور صبح آپ کے کرائے کے بھی پورے ہو جائیں گے۔

امین صاحب اپنی بیوی پر بہت خفا ہوئے کہ تم نے بچی کے پیسے کیوں لئے ہیں۔ جبکہ اُس نے اپنے جیب خرچ میں کمی کر کے بچت کی ہے۔ اُن کی بیوی کہنے لگی اِتنے تھوڑے سے پیسے اُس کو بھی پتہ نہیں چلے گا اور میں نے یونہی نہیں نکالے یہ بھی تو اُس پر خرچ ہوں گے مگر امین صاحب بہت ناراض ہوئے ان کی بیوی نے کہا "اچھا بعد میں واپس رکھ دوں گا۔ امین صاحب اس طرح جا کر کہیں دوا لانے پر رضا مند ہوئے امین صاحب دوا تو لینے چلے گئے مگر ان کے دل میں بہت سے شیطانی خیال آنے لگے۔ امین صاحب بازار سے رانی کے لئے دوا تو لے آئے مگر گھر آ کر گم سم سے اپنے پلنگ پر بیٹھ گئے کہ آخر ان کی بیوی نے رانی کے پیسے خرچ کر دیئے ہیں جس کی کمی کا رانی کو معلوم بھی نہ ہو سکے گا میرے پاس اتنے زیور اور نقد رُپے بطور امانت رکھے ہوئے ہیں اگر میں کسی ترکیب سے انہیں چھپا دوں اور ان کے مالک کو یقین دلا دوں کہ وہ چوری ہو گئے ہیں تو وہ سب میرے ہو سکتے ہیں اور پھر میں کسی دوسری جگہ جا کر کاروبار

کر سکتا ہوں۔

اپنی ترکیب پر عمل کرنے کے لئے وہ منصوبے سوچنے لگے۔ آخر ایک منصوبہ سمجھ میں آ ہی گیا۔ انہوں نے سوچا کیوں نہ اپنی بیوی اور بچوں کو اُس کے میکے بھیج دیا جائے تاکہ بیوی کی غیر موجودگی میں چوری ہونے کی خبر محلے میں پھیلا دی جائے۔

اَمین صاحب نے ایسا ہی کیا دو تین دن بعد رانی کی طبیعت ٹھیک ہو گئی تو بیوی بچوں کو میکے چھوڑ آئے۔ بیوی بچوں کے جانے کے بعد رات کو انہوں نے الماری سے تمام رقم اور زیورات جو چار دوستوں کی امانتیں تھیں نکال کر ایک رُومال میں باندھ لیئے۔

اَمین صاحب نیک دل شخص اور پانچوں وقت کے نمازی تھے اس لئے ایسے گندے کام انہوں نے کبھی نہ کئے تھے۔ اس لئے وہ کانپ رہے تھے۔ لیکن اِس وقت تو اَمین صاحب پر شیطان کا غلبہ تھا وہ اپنے حواس کھو چکے تھے۔ وہ یہ کام نہ چاہتے ہوئے کرنے پر مجبور ہو رہے تھے ساتھ ہی ساتھ کانپ بھی رہے تھے اور سوچ رہے تھے کہ اب اُسے کہاں چھپائیں کہ اِتنے میں بجلی چلی گئی اور اندھیرا ہو گیا۔

اَمین صاحب کے ہاتھ میں وہ رُومال تو تھا ہی جس میں دوستوں کی امانتیں رکھی تھیں وہ سمجھے کہ شاید سچ مچ چور آ گیا اُس نے فیوز نکال دیا ہے وہ کانپ تو پہلے ہی رہے تھے اور مزید خوف سے وہ بے ہوش ہو گئے جب ہوش آیا تو اس وقت صبح ہو چکی تھی وہ فرش سے اُٹھے بجلی کے بلب کو دیکھا تو وہ جل رہا تھا انہیں رات کا واقعہ یاد آ گیا کہ وہ رُومال جس میں دوستوں کی امانتیں تھیں ان کے ہاتھ میں موجود نہیں تھا

جبکہ باقی سامان ویسے کا ویسا ہی رکھا تھا اور گھر کا دروازہ بھی بند تھا۔

انہوں نے محلے والوں کو بتایا کہ رات کو کوئی چور ان کے گھر کی بجلی بند کرکے وہ امانتیں جو لوگوں نے ان کے پاس رکھوائی ہوئی تھیں لے گیا ہے۔

محلے والے بولے رات کو تو سب کی ہی لائٹ گئی تھی صبح ہوتے ہی آئی ہے۔ پھر محلے والے ان کے گھر گئے تو دیکھا سب چیزیں تو اُسی طرح موجود تھیں لیکن الماری کا تالا کُھلا ہوا تھا اور اس میں چابی بھی لگی ہوئی تھی جس پر ایک صاحب بولے "بھئی امین صاحب کیا چور نے آپ سے چابی مانگی تھی؟ امین صاحب صاف گوئی سے بولے نہیں جناب میں نے الماری کا تالا ضرور کھولا تھا لیکن اُدھر چور نے اندھیرا کر دیا اور مجھے بے ہوش کرکے دوستوں کی امانتیں لے گیا۔

یہ صاحب پھر بولے "تو جناب آپ نے تالا کیوں کھولا تھا؟" اس پر امین صاحب ڈر کر کانپنے لگے تو لوگ سمجھے امین صاحب جھوٹ بول رہے ہیں انہوں نے خود ہی لوگوں کی امانتیں غائب کی ہیں۔

دو صاحب جو بار بار اِن کو چور سمجھ رہے تھے ایک بار پھر بول پڑے " امین صاحب آپ نے کسی کے کہنے پر یا پھر آپ کے دل میں خود خیانت کرنے کا خیال آیا ہے۔ اور اسی وجہ سے آپ نے یہ چیزیں غائب کر دی ہیں۔ آخر کوئی اور چیز چور کیوں نہیں لے کر گیا۔ امین صاحب آپ ایک اچھے اور شریف انسان ہیں خُدا کا خوف کریں قیامت کے دن اللہ کو کیا جواب دیں گے۔ آپ جو بھی بات ہے صاف صاف بیان نہیں کر رہے ہیں اگر آپ کو پیسوں کی ضرورت تھی تو ہم سے مانگ لیتے۔

امین صاحب محلے والوں کو اس چوری کا یقین نہ دلا سکے۔ محلے والے انہی کو چور سمجھ رہے تھے امین صاحب بار بار کہے جا رہے تھے کہ آخر تم لوگ میری بات کا یقین کیوں نہیں کر رہے چور واقعی یہ چیزیں لے گیا ہے میں ان لوگوں کو کہاں سے دوں گا۔

امین صاحب رُو دینے والے انداز میں بولے۔

چند دنوں کے بعد امین صاحب کے بیوی بچے بھی واپس آ گئے لیکن امین صاحب خاموش اور افسردہ سے رہنے لگے تھے کہ میں اپنے دل میں غلط خیال کیوں لایا تھا جن لوگوں نے امانتیں رکھوائی تھیں اپنی امانتیں لینے واپس آنے لگے انہیں ان کی بات کا یقین نہ آتا تھا۔ وہ کہنے لگے کہ ہمیں ہماری چیزیں واپس چاہئیں۔

امین صاحب ایک نیک اور اچھے شخص تھے بولے "دوستو! تمہیں یقین نہیں آتا تو یقین مت کرو لیکن مجھے چور تو نہ سمجھو۔ آپ مجھے کچھ دنوں کا وقت دیں تاکہ میں سخت محنت کر کے آپ کی چیزوں کے برابر رقم ادا کر سکوں کیوں کہ یہ چیزیں واقعی چوری ہو گئی ہیں آپ لوگ رقم بتا دیں کس کی کتنے مالیت کی چیزیں تھیں۔ ان کی یہ باتیں سن کر چاروں دوستوں میں سے ایک دوست بولے "بھئی امین صاحب میں تو آپ کو اپنی چیزیں معاف کرتا ہوں" لیکن تین دوست نہ مانے ایک بولا میری رقم گیارہ ہزار بنتی ہے دوسرے صاحب بولے میری رقم پانچ ہزار بنتی ہے جس میں تین ہزار نقد تھے اور دو ہزار کی بالیاں تھیں۔ تیسرے نے کہا میرے تو نقد چار ہزار ہی تھے۔

کل رقم کا اندازہ لگایا گیا تو رقم بیس ہزار بنی امین صاحب نے کہا مجھے چھ ماہ کی مہلت دے دیں میں آپ کو یہ رقم لوٹا دوں گا۔ سب لوگوں کے جانے کے بعد

امین صاحب سوچنے لگے میرے دل میں خیانت کا جو جذبہ آیا تھا اللہ تعالیٰ نے اس کی سزا مجھے دی ہے وہ اپنے آپ کو بُرا بھلا کہنے لگے کہ میں نے ایسا کیوں سوچا تھا۔ بہر حال جو ہونا تھا وہ تو ہو گیا تھا اب تو انہوں نے پیسے جمع کرنے کے متعلق سوچنا شروع کر دیا۔

امین صاحب انہی خیالوں میں گُم سُم بیٹھے تھے کہ ان کی بیوی شوہر کی پریشانی کو دیکھتے ہوئے بولیں آپ فکر نہ کریں میں بھی آپ کا ساتھ دوں گی انشاءاللہ یہ سب قرض ہم جلد از جلد اُتار دیں گے۔

امین صاحب اب دفتر میں دو گھنٹے زیادہ کام کرتے وہاں سے واپسی پر کھانا کھا کر منڈی سے سامان شہر کی چھوٹی دوکانوں پر لے جا کر فروخت کرتے۔ دوسری طرف ان کی بیوی محلے والوں کے کپڑے سیتیں اور وقت بچنے پر کچھ کپڑا بازار سے خرید کر کے ریڈی میڈ سوٹ تیار کر دیتیں، جو بازار میں امین صاحب مناسب قیمت پر بیچ آتے۔ اس طرح محنت کر کے انہوں نے پیسہ جمع کرنا شروع کر دیا وقت گذرتا رہا اور چھ مہینے پورے ہونے میں ابھی ایک ہفتہ باقی تھا انہوں نے جو پیسوں کا حساب لگایا تو یہ اٹھارہ ہزار رُوپے جمع ہو گئے تھے اب انہیں دو ہزار رُپے ایک ہفتے میں جمع کرنے تھے وہ سوچنے لگے اگر پیسے جمع نہ ہوئے تو انہیں گھر کی چیزیں فروخت کرنا پڑیں گی۔ امین صاحب حسرت سے اپنے مختصر سامان کو دیکھنے لگے۔ اور سوچنے لگے۔ خدا دلوں کے بھید بھی خوب جانتا ہے میرے دل میں خیانت کا احساس پیدا ہوتے ہی اُس مالک نے مجھے اتنی بڑی سزا دی ہے۔

سردیاں شروع ہو چکی تھیں لیکن انہیں نہ گرمی کی پرواہ تھی اور نہ سردی کی وہ تو بس اپنے کام میں مصروف تھے ایک ہفتے بعد جب انہوں نے رقم کی گنتی کی تو پورے بیس ہزار تھی اب تو بڑے مطمئن تھے شام کو ان کے دوستوں نے وعدہ کے مطابق گھر آنا تھا۔ سردی بہت بڑھ گئی تھی۔ انہوں نے سوچا کیوں نہ آتش دان میں لکڑیاں جلادوں تاکہ سردی کچھ تو کم ہو۔ چھ مہینے میں نہ تو انہیں اپنا خیال تھا نہ اپنے گھر اور بیوی بچوں کا اب جو آتش دان کی راکھ صاف کرنے لگے تو وہاں سے ایک بڑا چوہا نکل کر بھاگا جب انہوں نے آتش دان کو مزید صاف کیا تو ان کی خوشی کی انتہا نہ رہی اور وہ خوشی سے چلانے لگے "مل گئی مل گئی" ان کی آواز سن کر ان کی بیوی باورچی خانے سے دوڑی آئیں۔ انہیں جب پتہ چلا کہ امانتیں آتش دان سے مل گئیں تو وہ اللہ کا شکر ادا کرنے کے لئے نفل پڑھنے لگیں شام کو جب ان کے دوست آئے تو انہوں نے ان کی امانتیں واپس کر دیں اور بتا کہ کس طرح ان کی امانتیں مل گئیں تو انہوں نے ان سے معافی مانگی کہ ہم نے ناحق آپ کو چور سمجھا۔ وہ بولے نہیں دوستو! واقعی میرے دل میں خیانت کا خیال آیا تھا اسی لئے خدا نے مجھے اس کی سزا دی مگر اس کے بدلے میں انعام یہ دیا کہ دن رات کی محنت سے میرے پاس اتنی رقم جمع ہو گئی ہے کہ میں بیس ہزار روپئے کسی کاروبار میں لگا کر باقی زندگی آسانی سے گذار سکوں گا۔

☙

ذوالفقار علی

سچائی کا صلہ

ناصر کے والد ایک سرکاری ملازم تھے اور اس کی والدہ ایک مقامی سکول میں پڑھاتی تھیں۔ ناصر الیف اے کا طالب علم تھا اور اس کی چھوٹی بہن بھی فرسٹ ایئر میں پڑھتی تھی۔ وقت کا دریا اسی طرح چلتا گیا اور ناصر نے الیف اے پاس کر لیا اور بی اے میں داخلہ لے لیا اور اس کے والد نے اسکو انعام کے طور پر ایک گھڑی تحفے میں دی۔ ناصر جب تھرڈ ایئر سے فورتھ ایئر میں داخل ہوا تو اس کے والد ایک بم کے دھماکے میں شدید زخمی ہو گئے۔ اس طرح اس خوشحال گھرانے پر غموں کے بادلوں کی برسات کا پہلا قطرہ برسا۔ ناصر کے والد کافی عرصہ تک ہسپتال میں زیر علاج رہے لیکن آخر کار ناصر کے والد شدید زخموں کی وجہ سے اس جہان فانی سے کوچ کر گئے۔ ناصر تجہیز و تدفین سے فارغ ہوا تو اس نے گھر کے حالات پر ایک نظر ڈالی۔ اس کی والدہ اگرچہ استانی تھیں لیکن اس سے گذر بسر بہت مشکل تھا اس صورت حال کو دیکھتے ہوئے ناصر نے اپنی پڑھائی کو خیر آباد کہا اور اس نے ملازمت کی تلاش شروع کر دی جگہ جگہ اس نے ملازمت

درخواستیں دیں لیکن رشوت اور سفارش کے بغیر اس کو ملازمت دینے کے لئے کوئی بھی تیار نہ تھا۔ انہیں چکروں میں ایک سال کا عرصہ اور بیت گیا۔ ناصر آخر کار مایوس ہو گیا اور اس نے خودکشی کا ارادہ کیا لیکن اپنی جوان بہن اور بیوہ ماں کی وجہ سے وہ یہ کام بھی نہیں کر سکتا تھا کیوں کہ وہ ان دونوں کو زمانے کی ٹھوکریں کھانے کے لئے نہیں چھوڑ سکتا تھا۔

ایک دن ناصر کے محلے کا ایک دوست راشد اس کو اپنے ایک دوست کے پاس ملازمت کے لئے لے گیا۔ اس آدمی کا نام فرحان تھا۔ فرحان نے ناصر کو ملازمت دینے کا وعدہ کیا اور اگلے دن آنے کا کہا۔ فرحان جو کہ ایک سمگلر کا معمولی ایجنٹ تھا اور اس کا کام بیکار لوگوں کو تلاش کر کے اس کو اپنے جنگل میں پھنسانا تھا فرحان نے اپنے پاس سے ناصر کے سلسلے میں بات کی۔ فرحان کا باس امجد خان ناصر کو ملازم رکھنے پر تیار ہو گیا ہے۔ اگلے دن فرحان نے ناصر کو ۲۰۰۰/- ہزار روپے ماہانہ پر ملازم رکھ لیا اور ایک ماہ کی تنخواہ ایڈوانس دے دی۔ ناصر نے جب کام پوچھا تو اس نے بتایا کہ کام بعد میں بتائیں گے۔

ناصر اس ملازمت پر بہت خوش تھا اس نے اپنی ایڈوانس تنخواہ اپنی ماں اور بہن شازیہ کے لئے اچھے اچھے کپڑے اور پھل، مٹھائی لے کر گھر گیا تو اس کی ماں بے حد خوش ہوئی کہ اس کے بیٹے کو بالآخر ملازمت مل گئی۔ ناصر کی والدہ نے ناصر سے پوچھا کہ کام کیا ہے۔ ناصر نے لاعلمی کا اظہار کیا۔ ناصر کی ماں نے اس کو اسی وقت یہ نصیحت کی کہ کبھی بھی کوئی ایسا کام نہ کرنا جس سے اس کے مرحوم باپ کی بدنامی

اور اس کے خاندان کی رسوائی ہو۔ ناصر نے بھی اپنی ماں سے یہ وعدہ کیا کہ وہ کبھی بھی کوئی ایسا کام نہیں کرے گا جس سے ان کی آبرو پر حرف آئے۔ ناصر اپنے دوست راشد اور فرحان کا بے حد مشکور تھا جس کی وجہ سے اس کو نوکری مل گئی تھی۔

ناصر کے ذمہ یہ کام تھا کہ وہ شہر کے مختلف دکانداروں کے پاس کوئی ڈبہ نما پیکٹ دے آتا اور ان سے پیسے لے آتا تھا۔ ناصر کے علم میں یہ بات نہ آئی کہ ان ڈبوں میں کیا ہے۔ کئی دوکانیں تو سگریٹ، پان کی تھیں اور کئی میڈیکل سٹورز، کئی جنرل سٹورز تھے اور کئی چائے کے چھوٹے چھوٹے ہوٹل تھے۔

آہستہ آہستہ ناصر کے علم میں یہ بات آنا شروع ہوئی اور اس کی چھٹی حس نے اس کو خبردار کیا کہ وہ غلط قسم کے لوگوں کے ہاتھوں میں آگیا ہے اور اس جنگل میں پھنس گیا ہے جہاں سے بغیر کسی نقصان کے نکلنا بہت مشکل ہے۔

اس دوران ناصر کے گھریلو حالات میں بہت تبدیلی آگئی روپے پیسے کی ریل پیل ہوگئی اور اس کی والدہ بھی بہت خوش تھیں کہ ان کا بیٹا برسرروزگار ہوگیا ہے۔

ناصر کے علم میں جب یہ بات پوری طرح آگئی کہ وہ سمگلروں کے ایک گروہ میں ملوث ہوگیا ہے اور جو پیکٹ وہ پورے شہر میں بانٹتا پھرتا ہے ان پیکٹوں میں ہیروئن کی پڑیاں ہیں۔ ناصر نے ایک رات جب بُری طرح سوچا کہ وہ یہ کیا کام کرتا پھرتا ہے۔ وہ اپنے نوجوان بھائیوں میں زہر تقسیم کر رہا ہے۔ کیا اس کو آگے چل کر یہ زہر تقسیم کرتے رہنا چاہیئے یا اس زہر کو پھیلانے سے روکا جائے آخر کار اس نے

فیصلہ کرلیا کہ وہ اس مہلک زہر کو پھیلنے سے روکے گا۔

اس نے یہ بات اپنے دوست راشد کو بتائی تو وہ پریشان ہو گیا کیوں کہ وہ فرحان کو ایسا آدمی بالکل نہیں سمجھتا تھا۔ آخر کار دونوں نے مشترکہ فیصلہ کیا کہ وہ قانون کی مدد حاصل کر کے اس منظم گروہ کو بے نقاب کریں گے اور اس ملک کو ہیروئن جیسے زہر سے بچائیں گے۔

اس سلسلے میں انہوں نے انسپکٹر جنرل پولیس سے بات کی۔ آئی جی پولیس نے ان کو یقین دلایا کہ اگر وہ پولیس سے تعاون کریں گے تو اس سلسلے میں پولیس ناصر کے تمام سابقہ جرائم معاف کر دے گی۔ آئی جی پولیس نے ناصر کو بتایا کہ وہ ملزموں میں رہ کر قانون کی مدد کرے اور ملزموں کے ایک ایک پل کی خبر دے اس سلسلے میں انہوں نے اس علاقے کے ایس پی کو خصوصی احکامات جاری کئے کہ وہ ناصر کے کام میں اس کا بھرپور ساتھ دے۔

ناصر نے اپنے گروہ میں واپس آکر اپنے باس سے تعلقات بڑھانے شروع کئے تاکہ وہ باس کی نظروں میں قابلِ اعتماد بن سکے۔ ناصر کا باس امجد خان جو کہ امپورٹ ایکسپورٹ کے ذریعے بھی ہیروئن بیرونِ ملک سمگل کرتا تھا۔ ایک دفعہ ناصر نے یہ بات اپنے کانوں سے سنی کہ امجد خان ٹافیوں کے پیکٹوں کے اندر ہیروئن کی ایک بہت بڑی مقدار یورپ بھیج رہا ہے جس کی مالیت کروڑوں روپے بنتی ہے۔ عین موقع پر ناصر نے علاقے کے ایس پی کو مخبری کر دی کہ فلاں فلاں مال اس شکل میں سمگل کیا جا رہا ہے۔ پولیس نے ایئرپورٹ پر چھاپہ مارا اور سامان کی تلاشی لی گئی اور ٹافیوں

کے پیکٹوں کے اندر ۱۰ کلوگرام ہیروئن بند تھی جس کی عالمی منڈی میں قیمت ۱۰ کروڑ روپے بنتی تھی۔

اس مال کے پکڑے جانے پر امجد خان کو بے حد رنج پہنچا اور اس کا امپورٹ ایکسپورٹ کا کاروبار متاثر ہوا۔

ناصر نے اندرون شہر بھی ہیروئن کی کئی کھیپیں پکڑوائیں۔ امجد خان پریشان تھا کہ وہ کون سا شخص ہے جو اس کی مخبری پولیس کو کرتا ہے۔

آئی جی پولیس اور ایس پی ناصر سے بہت خوش تھے اور انہوں نے ناصر سے وعدہ کیا کہ آخر وہ امجد خان کو رنگے ہاتھوں گرفتار کروا دے تو اس کو پولیس میں بحیثیت اے ایس آئی بھرتی کر دیا جائے گا۔

امجد خان نے جب اس ہیروئن کے کاروبار میں نقصان اور خطرہ دیکھا تو اس نے اور کسی کام کی طرف توجہ دی جس میں خطرہ بھی کم اور پیسہ بھی زیادہ ہو۔ اس سلسلے میں وہ غیر ملکی طاقتوں سے رابطہ بڑھانے لگا ان دنوں دوسرے ممالک میں تخریب کاری کا کاروبار خوب چمکا ہوا تھا اور تخریب کار بے پناہ لوگوں کی جانوں سے کھیل کر کروڑوں میں کھیل رہے تھے۔

امجد خان کو بھی ایک غیر ملکی طاقت نے پاکستان میں تخریب کاری کا ایک ٹھیکہ دیا اس میں یہ طے ہوا کہ وہ جتنے لوگوں کو زیادہ قتل کرے گا اتنے لاکھ اس کو ملیں گے۔

ناصر کو جب اپنے باس کے اس کام کا علم ہوا تو اس کے پاؤں تلے سے

زمین نکل گئی۔ اس نے فوراً آئی جی صاحب سے اس سلسلے میں بات کی انہوں نے ناصر کو یہ بات خاص طور پر کہی کہ وہ کوئی بھی ایسا کام ہونے سے پہلے پولیس کو مطلع کرے تاکہ وہ بے گناہ شہریوں کو ہلاک ہونے سے بچا سکیں۔ اس دوران امجد خان نے شہر کے ایک پر رونق علاقے میں ایک کار بم رکھوایا۔

ناصر نے ایس پی کو اطلاع دی اور بم کو پھٹنے سے پہلے ہی بیکار کر دیا گیا۔ امجد خان کو جب یہ خبر ملی کہ بم نہیں پھٹا بلکہ مخبری کی وجہ سے پکڑا گیا ہے تو اس کا سر چکرا کر رہ گیا۔

امجد خان نے اپنے تمام خاص خاص کارندوں سے پوچھ گچھ کی لیکن کچھ حاصل نہ ہو سکا۔ امجد خان نے اپنے کارندوں میں یہ اعلان کر دیا کہ جو اس غدار کو پکڑوائے گا اس کو ۱۰ لاکھ نقد انعام دیا جائے گا۔ اس لئے تمام کارندے ہوشیار ہو گئے اور ناصر کے لئے یہ مشکل مرحلہ تھا کہ اپنے آپ کو بھی محفوظ رکھے اور دشمن پر نظر بھی رکھے۔

محکمہ پولیس نے اندرونی طور پر امجد خان کے خلاف تمام ثبوت اور شواہد اکٹھے کر لئے تھے لیکن وہ کسی خاص وقت کے انتظار میں تھے کیونکہ دولت اور عیاش طبعی کی وجہ سے اس کے تعلقات بہت وسیع تھے اور پولیس اس کو رنگے ہاتھوں گرفتار کرنا چاہتی تھی۔

ایک دفعہ پھر امجد خان نے شہر کے ایک سینما میں ایک بریف کیس رکھوا دیا جس میں دھماکہ خیز مواد موجود تھا۔ ناصر نے اس کی خبر ایس پی کو کر دی اور یہ بھی

بھی دھماکہ نہ ہو سکا۔ایک دفعہ پھر ایک ویگن میں بم فٹ کر کے اسکو شہر میں کھڑا کر دیا گیا ناصر نے اس کی اطلاع ایس پی کو کرنے کے لئے فون کیا تو وہ نہ مل سکے۔اس موقع پر ناصر بہت پریشان ہوا آخر کار اس نے سوچا کہ وہ اس ویگن کو ہی اس جگہ اور آبادی سے دور لے جائے گا۔خواہ اس میں اس کی جان ہی کیوں نہ چلی جائے۔اس نے ویگن کے سوئچ کی تاریں جوڑیں اور اس کو آبادی سے باہر ایک جگہ جا کر کھڑا کر دیا۔ابھی ناصر ویگن کھڑی کر کے چند قدم ہی چلا تھا کہ بم پھٹ گیا اور ناصر کو صرف معمولی خراشیں آئیں۔

اب ناصر نے پکا ارادہ کر لیا کہ وہ جلد از جلد امجد خان کو پکڑوا دے گا۔ایک دن جب امجد خان کا سونا ایک عرب ریاست سے بذریعہ لانچ آیا اور امجد خان خود اس سونے کو اپنی پجیرو جیپ میں لے کر جا رہا تھا کہ ناصر نے آئی جی صاحب کو فون کیا اور آئی جی صاحب ڈی آئی جی اور ایس پی سمیت اس علاقے میں پہنچ گئے جہاں سے جیپ نے گزرنا تھا۔اس علاقے کی مکمل طور پر ناکہ بندی کر دی گئی اور جب امجد خان اپنے باقی ساتھیوں کے ساتھ اس راستے سے گزرا تو اس کو ناجائز سونا لے جانے پر گرفتار کر لیا گیا امجد خان کے ساتھ ساتھ اس کے کئی کارندے بھی پکڑے گئے۔

امجد خان نے پولیس کے افسران کو بہت دھمکیاں دیں کہ ان کا انجام اچھا نہ ہو گا وہ اعلیٰ حکام سے اس کی شکایت کرے گا۔لیکن آئی جی صاحب کے حکم پر اسی وقت ایف آئی آر درج کی گئی اور اس کا سات روزہ ریمانڈ لیا گیا۔امجد خان کے وکیل نے ضمانت کرانے کی بے حد کوشش کی لیکن بے سود۔

امجد خان نے وہ تمام جرموں کا اقرار کر لیا جو اس نے کئے تھے اس نے ہیروئن کی فروخت، سمگلنگ، تخریب کاری کے تمام جرم مان لئے اور عدالت نے ان جرائم کی پاداش میں اس کی تمام جائیداد بحق سرکار ضبط کر لی اور اس کو عمر قید بامشقت کی سزا سنا دی گئی اور اس کے کئی کارندوں کو بھی مختلف سزائیں ہو گئیں۔

ناصر کو پولیس سے تعاون کرنے پر ۲ لاکھ روپے نقد انعام اور پولیس میں بحیثیت اے ایس آئی ملازمت دے دی گئی۔

محمد عشرا احمد خان

غرور کا سر نیچا

محمود کو اس کی سالگرہ پر اس کے ماموں نے ایک خوبصورت سائیکل تحفے میں دی محمود کے تو مزے ہو گئے۔ اب وہ ہوتا اور سائیکل ہوتی۔ پہلے بھی وہ سائیکل چلاتا تھا مگر بڑے محتاط طریقے سے۔ لیکن اب اپنی سائیکل تھی۔ سارا دن اس کے پاس رہتی اس لئے محمود کو کوئی پرواہ نہ تھی۔ اب وہ سائیکل چلاتا تو انتہائی تیز رفتاری کے ساتھ۔ کبھی گلیوں میں دوڑاتا تو کبھی سڑکوں پہ موڑ کاٹتے وقت وہ اتنی تیز رفتاری کے ساتھ سائیکل موڑتا کہ لوگوں کے دل دھک سے رہ جاتے۔ انہیں یوں لگتا جیسے سائیکل گرنے والی ہو لیکن سائیکل نہ گرتی کیوں کہ محمود سائیکل کو گرنے سے پہلے ہی سنبھال لیتا۔

محمود اتنا نواب ہو گیا تھا کہ سائیکل کے بغیر کوئی کام نہ کرتا۔ اس کی امی قریب سے بھی کوئی چیز منگواتیں تو محمود سائیکل پر سوار ہو کر جاتا۔ جو چیز چند قدم چل کر حاصل کی جا سکتی تھی وہ محمود سائیکل پر سوار ہو کر لاتا۔ تیز سائیکل چلانا اور سائیکل پر الٹے سیدھے کرتب دکھانا محمود کا مشغلہ بن گیا تھا اسے اس بات کا ذرا بھی خیال نہ آتا کہ کہیں

اس کے اُلٹے سیدھے کرتب اور تیز رفتاری حادثے کا باعث نہ بن جائے۔

فضل الدین صاحب محمود کے گھر کے سامنے رہتے تھے۔ بچے انہیں "انکل" کہہ کر پکارتے۔ انہیں بھی بچوں سے بڑی محبت تھی۔ وہ بچوں کو اچھی اچھی باتیں بتاتے اور بُری باتوں پر ٹوکتے۔ محمود کو جب انہوں نے تیز رفتاری سے سائیکل چلاتے اور اوٹ پٹانگ کرتب دکھاتے دیکھا تو بہت گھبرائے۔ سیدھے محمود کے گھر گئے اور محمود کے ابا کو بتایا کہ وہ محمود کو تیز سائیکل چلانے سے روکیں ورنہ کوئی حادثہ ہو سکتا ہے۔ فضل صاحب کی بات سن کر محمود کے ابا مسکرائے۔ فخر سے ان کا چہرہ تن گیا۔ انہوں نے مسکرا کر کہا: "فضل صاحب! آپ تو ڈر گئے! مجھے دیکھئے! میں اس کا باپ ہوں مگر مجھے اس کے سائیکل تیز چلانے پر کوئی اعتراض یا خوف نہیں کیوں کہ مجھے معلوم ہے کہ میرا بچہ بہت ماہر ہے۔ اسے سائیکل پر پورا کنٹرول ہے۔ اور ویسے بھی صاحب! یہی تو بچوں کی عمر ہوتی ہے۔ اگر ابھی سے ہم نے اپنے بچوں کو ڈرا ڈرا کر رکھا تو ڈر اور خوف بچوں کے لاشعور میں بیٹھ جائے گا اور جب یہی بچے بڑے ہوں گے تو اپنی زندگی کی گاڑی کو کس طرح چلائیں گے۔"

فضل صاحب نے بڑے تحمل سے محمود کے ابا کی گفتگو سُنی۔ انہوں نے محسوس کر لیا تھا کہ محمود کے والد اپنے بچے پر اندھا دھند اعتماد کر رہے ہیں خطرے کا احساس دلانے کے لئے انہوں نے کہا:

"میرا مطلب یہ ہے کہ آپ محمود کو کم از کم اس بات کا احساس ضرور دلائیں کہ حد سے زیادہ تیز رفتاری خطرناک ہوتی ہے۔

۴۴

" اچھا جناب ! میں اسے سمجھادوں گا۔ محمود کے ابا نے ٹالنے والے انداز میں کہا۔

فضل صاحب نے محمود کو بھی سمجھایا کہ تیز رفتاری سے سائیکل چلانا درست نہیں۔

انہوں نے کہا :

" زندگی کی گاڑی میں توازن رکھنا چاہیئے نہ زیادہ تیز چلانا چاہیئے نہ زیادہ آہستہ" انہوں نے محمود کو بتایا کہ جو لوگ زندگی کی گاڑی میں توازن نہیں رکھتے۔اعتدال سے کام نہیں لیتے وہ آگے چل کر نقصان اٹھاتے ہیں۔انہوں نے محمود کو مشورہ دیا:

" محمود بیٹے ! سائیکل تیز نہ چلایا کرو اس میں ہر وقت حادثے کا ڈر رہتا ہے"

"واہ انکل ! آپ بھی کیا بات کرتے ہیں۔کیا آپ نے مجھے ایسا ہی سمجھ رکھا ہے۔ میں سائیکل چلانے کے سارے اسرار و رموز سے واقف ہوں" محمود ایک لمحے کو خاموش ہوا پھر دوسرے ہی لمحے کندھے اُچکا کر فضل صاحب سے بولا : " اور انکل ! ویسے بھی یہ تیز رفتاری کا زمانہ ہے جو اس دوڑ میں تیز چلے گا وہی منزل پالے گا اور جو اس تیز رفتار زمانے کے ساتھ نہیں چل سکتا وہ بہت پیچھے رہ جائے گا۔"

محمود کے لہجے میں غرور ٹپک رہا تھا۔

فضل صاحب مایوس ہو کر بولے :

" جیسی تمہاری مرضی بیٹے ! میرا جو فرض تھا وہ میں نے پورا کر دیا۔"

" اونہہ ! بڑے آئے سمجھانے والے ! ڈرپوک کہیں کے۔"

فضل صاحب کے جانے کے بعد محمود منہ بنا کر بڑبڑایا۔اسی وقت امی نے اسے

آواز دی :

"محمود بیٹے دکان سے صابن تو لے آؤ" محمود نے امی سے پیسے لئے سائیکل اٹھائی اور باہر جانے لگا۔

"ارے! دکان کون سی دور ہے پیدل ہی چلے جاؤ۔" امی بولیں لیکن ــــ محمود نے اپنی امی کی بات معمول کے مطابق سنی اَن سنی کر دی۔

اس نے تیز سائیکل چلائی۔ موڑ پر جیسے ہی محمود نے تیزی سے سائیکل موڑی سامنے سے اچانک گاڑی آگئی۔ گاڑی کے ڈرائیور نے فل بریک لگا دیئے لیکن محمود بہت تیزی میں تھا اسے بریک لگانے کی مہلت بھی نہ مل سکی۔ ایک زوردار دھماکہ ہوا۔ محمود بری طرح گاڑی سے ٹکرا گیا۔ لوگ اسے فوراً ہاسپٹل لے گئے۔ جہاں اسکے سر کی مرہم پٹی کی گئی اور اس کے ٹوٹے ہوئے ہاتھ پہ پلاسٹر چڑھایا گیا۔ محمود کو بہت تکلیف ہو رہی تھی۔ وہ بڑی مشکل سے اپنی چوٹوں کی تکلیف کو برداشت کر رہا تھا۔

محمود کی امی کو کسی نے خبر دی کہ محمود کا حادثہ ہو گیا ہے۔ ان کا کلیجہ دھک سے رہ گیا۔ انہوں نے فوراً فون کر کے محمود کے ابا کو دفتر سے بلوایا۔ محمود کے ابا بھی بہت پریشانی کے عالم میں گھر آئے۔

محمود کی سائیکل بالکل ٹوٹ پھوٹ گئی تھی لیکن گھر والوں کو محمود کی بڑی فکر تھی۔ آخر خدا خدا کر کے محمود ہسپتال سے آیا۔ اس کی حالت دیکھ کر اس کی امی رونے لگی۔ لوگوں نے انہیں دلاسہ دیا۔ فضل صاحب کو پتہ چلا تو وہ بھی دوڑے دوڑے

آتے اور محمود کی خیریت پوچھنے لگے۔ محمود بہت شرمندہ تھا۔ وہ سوچ رہا تھا کہ اگر وہ فضل انکل کی بات مان لیتا تو کبھی حادثہ نہ ہوتا نہ ہی اسے تکلیف اٹھانی پڑتی نہ ہی گھر والے پریشان ہوتے۔ اسے پتہ چل گیا تھا کہ جو بڑوں کی بات نہیں مانتے وہ ہمیشہ نقصان اٹھاتے ہیں۔ تیز رفتاری حادثے کا سبب بنتی ہے اور غرور کا سر نیچا ہوتا ہے۔"

محمود کے ابا بھی یہی سوچ رہے تھے !!!

ڈاکٹر محمود الرحمن

نقاب پوش

جہان آباد سے ماموں جان نے مجھے لکھا تھا:

"گرمی کی تعطیل میں یہاں چلے آؤ۔ طبیعت خوب لگے گی۔ دلچسپی کے سامان کافی ہیں۔ اور پھر آم بھی خوب تیار ہوئے ہیں۔"

مجھے اس سے غرض نہ تھی کہ جہان آباد خوبصورت شہر ہے کہ نہیں، طبیعت لگے گی کہ نہیں! ——— مجھے تو صرف آم سے غرض تھی، وہ بھی ماموں جان کے باغ کے۔ پکے پکے، میٹھے میٹھے! ——— بھلا میں جانے سے کب چوکنے والا تھا۔ جھٹ لکھ دیا کہ ضرور آؤں گا۔ اور پھر، دن گننے لگا کہ کب گرمی کی تعطیل شروع ہوتی ہے اور کب وہاں جانا ہوتا ہے۔

خیر، وہ دن آیا کہ میں بہار شریف سے جہان آباد کو روانہ ہوا۔ راستے بھر مسرور رہا۔ اور جب وہاں پہنچا تو خوشی کا کچھ ٹھکانا نہ تھا۔ جس نیت سے گیا تھا، وہ اچھی طرح پوری ہو رہی تھی۔ ماموں جان کا باغ! ——— پکے پکے، میٹھے آم! ——— اور کیا چاہیے تھا مجھے۔ دن مزے میں گزرنے لگے۔

وہاں جانے کے کچھ دنوں بعد ایک روز میں سائبان میں بیٹھا ہوا تھا۔ سامنے میدان میں بچے کھیل رہے تھے۔ میرے قریب ہی احمد پڑھ رہا تھا۔ مالی چمن کی کیاری درست کر رہا تھا کہ اچانک بچے جو میدان میں کھیل رہے تھے، سر پہ پیر رکھ کر بھاگے۔ میں ان کی اس حرکت پر حیران ہو کر احمد سے کہنے لگا :

"دیکھو تو احمد! — کیا بات ہے ؟ — لڑکے کھیلتے کھیلتے یکایک بھاگ کیوں کھڑے ہوئے ؟"

احمد نے جلدی سے کتاب میز پر رکھی اور کرسی سے اُٹھ کر میدان کی طرف لپکا۔ ابھی آدھے راستے ہی گیا تھا کہ فوراً واپس ہو گیا۔

"کیوں ؟ کیا بات ہے ؟" میں نے گھبرا کر سوال کیا۔

"وہ آگئے !"

"کون ؟"

"نقاب پوش !" اور یہ کہہ کر وہ بے تحاشا گھر کے اندر بھاگا۔

"نقاب پوش !" میں بڑبڑانے لگا۔

اور جو سامنے نظر اٹھا کر دیکھا تو........ میرے بدن کے رونگٹے کھڑے ہو گئے۔ میری آدھی روح فنا ہو گئی۔ میں مارے خوف کے کانپنے لگا۔ ایک لانبا چوڑا شخص پھاٹک کے اندر داخل ہو رہا تھا۔ وہ سر سے پیر تک کالا لباس پہنے ہوئے تھا۔ اس کے چہرے پر سیاہ نقاب پڑی ہوئی تھی۔ اس کا ایک ہاتھ باہر تھا، اور دوسرا....... غائب تھا۔

وہ آہستہ آہستہ سائبان کی طرف آرہا تھا معلوم ہوتا تھا جیسے کوئی کالی سی خوفناک شئے زمین پر رینگ رہی ہو۔ یہاں تک کہ وہ بالکل ہی قریب آگیا ٹھیک میرے سامنے ! ۔ میں نے مارے دہشت کے آنکھیں بند کرلیں مجھے یوں محسوس ہو رہا تھا جیسے موت کا بھوت میرے سامنے آگیا ہو اور منٹوں میں مجھے کچا چبا ڈالے گا۔ میری دہشت اس قدر بڑھی کہ قریب تھا کہ میں چیخ پڑوں ....

"السلام علیکم !" کسی نے نہایت دلنشیں آواز میں کہا۔

میں نے سمجھا کہ کوئی دوسرا انسان بھی یہاں آگیا ہے جو سلام کر رہا ہے۔ اس سے میرے دل کو کچھ ڈھارس ہوئی اور میں نے فوراً اپنی آنکھیں کھول لیں۔ مگر یہ کیا ؟ ۔ وہاں تو کوئی نہ تھا سوائے اس نقاب پوش کے ! ۔ اتنی دیر میں وہ ایک کرسی پر بیٹھ چکا تھا۔

"میں نے کہا السلام علیکم !" ۔ وہ شخص بایاں ہاتھ اٹھا کر مجھے سلام کر رہا تھا۔

"وعلیکم السلام !" میں نے ڈرتے ڈرتے سلام کا جواب دیا اور پھر سوچنے لگا کہ شاید اس کے دایاں ہاتھ نہیں۔ مگر .... میں تعجب میں پڑ گیا۔ کالے لباس میں دایاں ہاتھ بھی تو حرکت کر رہا تھا۔

حکیم ولی الحق صاحب ہیں ؟" نقاب پوش مجھ سے پوچھ رہا تھا۔

میں سے جواب دینے ہی والا تھا کہ ماموں جان آگئے۔ انہیں شاید احمد نے خبر دے دی تھی۔ دونوں بڑی گرمجوشی کے ساتھ ملے۔ معلوم ہوتا تھا کہ دونوں میں بڑی گہری ملاقات ہے۔ پھر ماموں جان اس شخص کے ساتھ گفتگو میں مصروف ہو گئے۔

میں ایک طرف بیٹھا سوچ رہا تھا۔ نہ معلوم اس کے آنکھ ہے یا نہیں۔ اس کا چہرہ نہایت بُرا اور خوفناک تو نہیں۔ آخر وجہ کیا ہے جو خود کو چھپائے ہوئے ہے۔ اور پھر ہاتھ؟ وہ بھی تو چھپا ہوا ہے کالے لباس کے اندر!

میں یہ باتیں سوچ ہی رہا تھا کہ اس نے ماموں جان سے پوچھا:

"آپ کون صاحب ہیں؟" اس کا اشارہ میری طرف تھا۔

"اوہ! - آپ اسے نہیں جانتے؟ یہ میرا بھانجہ ہے۔ کچھ دن ہوئے یہاں تعطیل گزارنے آیا ہے"۔ ماموں جان اسے میرے بارے میں بتا رہے تھے۔

"بھئی! آپ کا نام؟" نقاب پوش نے مجھ سے سوال کیا۔

"جی مجھے شکیل کہتے ہیں۔"

"اخاہ! تو آپ ہی ہیں شکیل صاحب!" نقاب پوش نے یہ بات اس طرح کہی جیسے وہ مجھے بہت پہلے سے جانتا ہو۔

پھر تو اس سے بہت ساری باتیں ہوئیں۔ وہ آدمی خاصا دلچسپ اور پڑھا لکھا معلوم ہوا۔ مطالعہ بہت وسیع، معلومات کافی، زبان شیریں اور صاف۔ مجھے اس سے مل کر بے حد خوشی ہوئی۔ لیکن نہ جانے کیوں نقاب اور سیاہ لباس کے متعلق کچھ پوچھنے کی ہمت نہیں پڑی۔

جب وہ صاحب چلے گئے تو میں نے ماموں جان سے پوچھا:

"ذرا یہ تو بتایئے! یہ حضرت اپنے آپ کو پوشیدہ کیوں رکھتے ہیں؟"

"یہ ایک عجیب و غریب کہانی ہے۔ خوفناک بھی اور دردناک بھی!" یہ کہتے ہوئے

ماموں جان کچھ اداس ہو گئے تھے۔

"ماموں جان! آپ یہ کہانی مجھے سنا دیجئے نا!" میں نے لجا کر کہا۔

"نہیں! میں ان کی کہانی بغیر ان کی اجازت کے نہیں سنا سکتا۔ اگر ایسا کروں گا تو یہ ایک اخلاقی جرم ہوگا۔"

"تب تو میں سننے سے رہا!"

"نہیں تو! جب وہ آئیں تو تم تذکرہ کرنا۔ وہ ضرور سنائیں گے۔"

اور میں اس دن کا انتظار کرنے لگا۔ جب نقاب پوش یہاں آئیں۔ مگر وہ ہفتوں نہیں آئے۔ پھر میں انتظار کرتے کرتے تھک گیا اور میٹھے میٹھے آم کے مزے میں انہیں بھول ہی بیٹھا۔

۲

ایک رات......... میں سامنے میدان میں تنہا اکیلا کرسی پر بیٹھا ہوا تھا۔ آسمان پر چاند چمک رہا تھا۔ ہر طرف اس کی روشنی بکھری ہوئی تھی۔ ہر شئے حسین نظر آ رہی تھی۔ ٹھنڈی ٹھنڈی ہوائیں چل رہی تھیں قریب ہی پھولوں کی کیاریاں تھیں۔ ان کی خوشبو سے دماغ معطر ہو رہا تھا۔ میں اس خوبصورت منظر کو دیکھنے میں محو تھا کہ اچانک کسی کے آنے کی چاپ سنائی دی۔ میں نے سمجھا کہ مکان کے اندر سے کوئی آ رہا ہے۔ نظر اٹھا کر دیکھا، مگر اس طرف کوئی نہ تھا۔ اب جو بڑے پھاٹک کی طرف نظر پڑی تو... میری روح کانپ گئی۔ جسم تھرتھرا اٹھا۔ چاندنی میں کوئی کالا کالا بھیانک سایہ رینگ رہا

تھا ——— اور پھر رینگتے رینگتے بالکل قریب پہنچ گیا۔ میں ڈر گیا۔ آس پاس کوئی تھا بھی تو نہیں!۔

میں نے احمد سے سن رکھا تھا کہ یہاں گاؤں میں جن بھوت بہت ہوتے ہیں۔ لہٰذا میں نے یہی سمجھا کہ کوئی جن کالے لباس میں میری طرف بڑھ رہا ہے ...... یہ خیال آنا تھا کہ میں مارے خوف کے چیخ اٹھا اور بے تحاشا گھر کی طرف بھاگا۔ میری چیخ سن کر ماموں جان اندر سے نکل آئے تھے۔ میں دوڑ کر ان سے لپٹ گیا اور بری طرح کانپنے لگا۔

"کیا بات ہے؟۔ تم گھبرائے ہوئے کیوں ہو؟"

"وہ دیکھئے! .... جن!" میں نے ہکلاتے ہوئے کہا۔

"جن! — کہاں؟" ماموں جان میری پیٹھ سہلاتے ہوئے کہہ رہے تھے۔ "پگلے! وہ تو ..... جنہیں تم ڈھونڈ رہے تھے۔"

"کون؟ — نقاب پوش؟" میں نے حیرت سے پوچھا۔

"ہاں بھئی اور کون؟ — تم خواہ مخواہ ڈر گئے۔"

"لاحول ولاقوۃ!" میں نے حواس درست کرتے ہوئے کہا۔ پھر ماموں جان کے ساتھ واپس میدان میں چلا آیا۔ نقاب پوش اس وقت تک کرسی پر بیٹھ چکے تھے۔

"ارے بھئی! — ابھی ابھی کون چیخ رہا تھا؟" انہوں نے ماموں جان سے دریافت کیا۔

"یہی حضرت"! میری طرف اشارہ کرتے ہوئے ماموں جان نے کہا۔"انہوں نے سمجھا کہ کوئی جن آرہا ہے۔"

"جن!" یہ کہہ کر نقاب پوش نے ایک قہقہہ لگایا۔ میں کچھ دیر پہلے والی اپنی حرکت پر شرمندہ سا ہوکر رہ گیا۔

میں نے اس موقع کو غنیمت سمجھا اور ان سے نقاب والی کہانی سنانے کی فرمائش کی۔ پہلے تو بڑی خوبصورتی سے ٹال گئے۔ جب میں نے بہت منت سماجت کی تو نقاب پوش اپنی کہانی سنانے پر راضی ہوگئے۔

"سنائیے نا!" میں نے اشتیاق کے ساتھ کہا۔

"اچھی بات ہے۔" یہ کہہ کر وہ اپنی کہانی میں ڈوب گئے۔

۲

"آج سے ساٹھ سال قبل .... جبکہ میں دس برس کا تھا میرے والدین مجھے اس دنیا میں اکیلا چھوڑ کر آخرت کو سدھارے۔ میرا اس دنیا میں سوائے چچا کے کوئی اور نہ تھا۔ میرے والدین کے انتقال کے بعد میرا چچا ان کی ساری چیزوں پر قابض ہوگیا۔ میں بھی اس کے ساتھ رہنے لگا۔

چچا اور چچی دونوں میرے لئے بڑے ظالم ثابت ہوئے۔ وہ مجھے طرح طرح کی تکلیفیں دیتے۔ میں ان کے گھر کے سارے کام ایک نوکر کی طرح کیا کرتا۔ وہ دونوں میرے باپ کی چھوڑی ہوئی چیزوں پر عیش کرتے۔ میں حسرت بھری نظروں سے اپنے مکان کو

دیکھتا۔ رہ رہ کر خیال آتا کہ کچھ دن پہلے اسی گھر میں بہت سے نوکر چاکر مجھے گود میں لئے پھرتے' میری خدمت کیا کرتے اور اب میں خود ایک نوکر بن کر اپنے ہی مکان میں جھاڑو دیتا' برتن مانجھتا' کپڑے دھوتا۔ میرے پڑوسی بھی جیسے سنگدل ہو گئے تھے۔ وہ میرے چچا کے اس ظلم کے خلاف آواز اٹھانے کی ہمت نہیں رکھتے تھے۔ ایک یتیم کو مصیبت سے نجات دلانے کی انہیں ذرہ برابر بھی فکر نہ تھی۔

آخر میں کب تک ظلم سہتا۔ ایک دن چپ چاپ اپنے آبائی گھر سے نامعلوم منزل کی طرف چل پڑا۔ چلتے چلتے کچھ دنوں بعد میں ایک شہر میں پہنچا۔ وہاں اتفاق سے میری ملاقات ایک ایسے شخص سے ہوگئی جو انسان نما فرشتہ تھے۔ انہوں نے میری رام کہانی سنی تو رو پڑے۔ مجھے گلے سے لگایا' تسلی دی اور اپنے گھر لے گئے' وہ اس دُنیا میں بالکل تنہا تھے۔ ان کے سارے عزیز و اقارب انہیں داغ مفارقت دے گئے تھے۔ ان کا کوئی اپنا نہ تھا۔ وہ تنہا ایک بہت بڑے مکان میں رہتے تھے۔

ان کا مکان بہت عمدہ بنا ہوا تھا۔ تمام کمرے قیمتی سامان سے بھرے ہوئے تھے۔ مجھے یہ دیکھ کر بڑا تعجب ہوا کہ وہ گھر کا سارا کام خود ہی کرتے۔ ان کے پاس کوئی ملازم نہ تھا۔

انہوں نے میری پرورش اپنے بچے کی طرح کی۔ سینے سے لگائے رکھا۔ آنکھوں پر بٹھائے رکھا۔ میرے محسن نے میری تعلیم کی طرف بھی خصوصی توجہ دی۔ شہر کے سب سے قابل معلم کو میری تعلیم و تربیت کے لئے مقرر کیا۔ غرض میں یہاں بڑے آرام سے تھا۔ گھر کی تمام چیزیں انہوں نے میرے حوالے کردی تھیں۔ اتنا چین' سکھ پاکر میں اپنے پچھلے

سارے غم بھول چکا تھا۔

جن کے پاس میں رہتا تھا' وہ بڑے اللہ والے تھے۔ان کا زیادہ وقت عبادت و ریاضت میں گزرتا۔ بعض دفعہ تو ساری ساری رات اللہ کی یاد میں بسر کر دیتے اور ایک پل کو بھی آنکھ نہ جھپکاتے۔ وہ غریبوں' محتاجوں اور بیکسوں کی ہمیشہ مدد کیا کرتے۔ اتنے ڈھیر سارے روپے پیسے اور ساز و سامان ہوتے ہوئے بھی ان میں ذرا بھی غرور نہ تھا۔ بالکل سیدھے سادے انسان تھے۔

میں اس بڑے سے گھر کی ہر ایک چیز سے واقف تھا' سوائے ایک چھوٹے سے کالے بکس کے!۔ اکثر میں نے اپنے محسن سے اس کالے بکس کے متعلق پوچھا تھا' مگر انہوں نے بتانے سے انکار کر دیا تھا۔ بلکہ یہ تاکید کی تھی کہ میں اس کے متعلق کچھ نہ پوچھوں۔ اور اسے کھولنے کے لئے سختی سے منع کیا تھا۔ یہی ایک چیز تھی جس پر میرا کوئی اختیار نہ تھا۔ انسان ہونے کی حیثیت سے دل میں یہ خواہش پیدا ہوتی تھی کہ معلوم کروں آخر اس میں ہے کیا؟۔ مگر اپنے محسن کے حکم کے خلاف کام کرنا گناہ سمجھتا تھا۔

دن گزرتے رہے۔ اب میں جوان ہو چکا تھا۔ تعلیم مکمل ہو چکی تھی۔ میرا زیادہ تر وقت مطالعہ میں گزرتا۔ اس گھر میں کتابوں کی کوئی کمی نہ تھی۔ میرے محسن نے اپنے گھر میں ایک بڑی سی لائبریری بنا رکھی تھی۔

اب میرے محسن کی صحت روز بروز گرنے لگی تھی۔ بڑھاپا ان کو بہت زیادہ ستانے لگا تھا' پھر ایک دن ان کی طبیعت بہت خراب ہو گئی تھی۔ میں ان کے پاس بیٹھا ان کا

سر دبا رہا تھا۔

"ارشد!" یکایک وہ نہایت دھیمی آواز میں بولے۔ "میرا آخری وقت آگیا ہے۔ میں تھوڑی دیر کا مہمان ہوں۔ موت کا فرشتہ میری رُوح قبض کرنے کے لئے اب آنے والا ہے۔"

اتنا کہہ کر انہوں نے پانی مانگا۔ میں نے تپائی سے گلاس اُٹھایا اور انہیں سہارا دے کر پانی پلایا۔ پھر وہ کہنے لگے :

"میں نے جہاں تک ہو سکا تمہیں آرام پہنچانے کی کوشش کی۔ پھر بھی اگر کوئی تکلیف تمہیں پہنچی ہو تو معاف کر دو۔"

کچھ دیر وہ چپ رہے، پھر اپنی گفتگو دوبارہ شروع کی :

"سنو! ۔ سامنے جو الماری ہے، اس کے اندر ایک بکس ہے۔ اس میں رجسٹری کے کاغذات ہیں۔ میں نے اپنی تمام چیزیں تمہارے نام لکھ دی ہیں۔ دیکھو غریبوں کی ہمیشہ مدد کرنا۔ غرور کبھی نہ کرنا۔ جو آئے اسے بغیر کھلائے پلائے واپس نہ جانے دینا۔"

میں چپ چاپ اپنے محسن کی باتیں سنتا رہا۔ البتہ میری آنکھوں سے آنسو بہہ رہے تھے۔

"اب میں تمہیں ایک وصیت کرتا ہوں۔" انہوں نے یہ کہہ کر اپنے کانپتے ہوئے ہاتھوں سے میرے دونوں ہاتھ تھام لئے۔ "میری لاش کے ساتھ وہ چھوٹا سا کالا بکس ضرور قبر میں رکھوا دینا، مگر اس طرح کہ کسی کو پتہ نہ چلے۔"

چند لمحوں کے بعد ان کا انتقال ہوگیا۔ میں نے ان کی وصیت کے مطابق

کالے بکس کو بھی ان کے ساتھ قبر میں رکھوا دیا۔

(۴)

اپنے محسن کی وفات کے بعد میں بہت دنوں تک مغموم رہا۔ مگر جیسا کہ دنیا میں ہوتا ہے، رفتہ رفتہ غم ہلکا ہوتا گیا۔

ایک روز صبح کے وقت میں اخبار پڑھ رہا تھا۔ اسی لمحے ایک فقیر دروازے پر آیا۔ وہ بہت بوڑھا اور ضعیف تھا۔ اس کے سر پر بڑے بڑے سفید بال تھے جو کاندھوں تک لٹکے ہوئے تھے۔ اس کی داڑھی بھی خاصی گھنی اور سفید تھی۔ چہرے پر جھریاں پڑی ہوئی تھیں۔ اس نے آتے ہی میرے محسن کے متعلق دریافت کیا۔ میں نے جب ان کی وفات کی خبر اسے سنائی تو وہ زار و قطار رونے لگا۔ اس کی آنکھیں سرخ ہوگئیں اور ہونٹ پھول گئے۔ پھر وہ مرحوم کے بارے میں کہنے لگا،

"وہ بہت امیر آدمی تھے۔ اس فقیر کو بہت مانتے تھے میں اپنی جوانی کے زمانے سے اس ڈیوڑھی پر آتا رہا تھا۔ انہوں نے مجھے ہمیشہ کافی سے زیادہ دیا۔" اتنا کہہ کر وہ رکا۔ اپنے آنسو پونچھے۔ پھر کہنے لگا:

"شادی کے بعد سے بے چارے ہمیشہ غم میں مبتلا رہے۔ شادی کے دو سال بعد خُدا نے انہیں ایک لڑکا دیا تھا۔ اس کی پیدائش کے فوراً بعد ہی ماں کا انتقال ہوگیا۔ انہوں نے بیوی کی محبت میں دوسری شادی نہیں کی اور بچے کو اس کی نشانی سمجھ کر سینے سے لگائے رکھا۔ بڑی محنت و مشقت سے پالا۔ ہر وقت ساتھ رکھتے۔

اسے جہاں ذرا سی بھی تکلیف پہنچتی، پریشان ہو جاتے۔"

"مرحوم نے اپنی بیوی کو ہیرے کی نہایت قیمتی انگوٹھی بنوا دی تھی۔ بیوی کے انتقال کے بعد یہی انگوٹھی لڑکے کو ماں کی نشانی کے طور پر پہنا دی تھی۔"

"یہ انگوٹھی بڑی بیش بہا تھی۔ جو دیکھتا تھا، عش عش کرنے لگتا تھا۔ بہت سے چوراس انگوٹھی پر دانت لگائے ہوئے تھے۔ اور ایک رات اسی انگوٹھی کے سبب بہت بڑا حادثہ پیش آیا تھا۔ ایسا حادثہ جس نے ان کی خوشی ہمیشہ کے لئے چھین لی تھی۔"

"کیسا حادثہ؟" میں نے بے چین ہو کر پوچھا۔

فقیر کہنے لگا:

"وہ ایک اندھیری رات تھی۔ لڑکا بے خبر سویا ہوا تھا۔ شیخ صاحب کسی کام سے باہر گئے ہوئے تھے۔ ایک چور جو موقع کی تاک میں تھا، کمرے میں گھس آیا اور انگوٹھی اتارنے لگا۔ مگر وہ نہ اتر سکی۔ اسی درمیان لڑکا جاگ اٹھا۔ قبل اس کے کہ وہ کسی کو مدد کے لئے پکارے، ظالم نے اس کا گلا گھونٹ دیا۔ بے چارہ وہیں ڈھیر ہو کر رہ گیا۔ اس چور نے انگوٹھی حاصل کرنے کے لئے اسی پر بس نہیں کیا۔ بلکہ یہ سوچ کر کہ انگوٹھی اتارنے میں کافی دیر ہو گئی ہے اور اس درمیان کوئی آ نہ جائے ـــ پہنچے تک ہاتھ کاٹ ڈالا۔ عین اسی وقت شیخ صاحب آ گئے۔ ان کی چاپ سن کر چور گھبرا گیا۔

"انہوں نے کمرے میں آتے ہی وحشتناک منظر دیکھا۔ آنکھوں میں خون اتر آیا۔ ہاتھ میں عصا تھا۔ اسی کو پھینک کر مارا جو چور کے سر پر لگا۔ وہ سب کچھ چھوڑ

کر بھاگ کھڑا ہوا۔ وہ بے چارے بیٹے کے غم میں پاگل ہو گئے۔ انہوں نے کٹے ہوئے ہاتھ کو دوا چھڑک کر حفاظت سے ایک کالے رنگ کے بکس میں رکھا۔ روزانہ اسے نکالتے' آنکھوں سے لگاتے اور پھوٹ پھوٹ کر روتے۔ کٹے ہوئے ہاتھ کا راز میرے سوا کوئی نہیں جانتا۔"

یہ کہہ کر فقیر چلا گیا۔ اس دن کے بعد وہ کبھی نہیں آیا۔

فقیر کی کہی ہوئی یہ بات سنانے کے بعد نقاب پوش کافی دیر تک خاموش رہے۔ میں بھی دم سادھے بیٹھا رہا۔ کچھ بولنے کی ہمت نہیں ہو رہی تھی۔ آخر نقاب پوش خود ہی کہنے لگے :

" فقیر کی گفتگو سے میں بہ آسانی سمجھ گیا کہ اس چھوٹے سے کالے بکس میں لڑکے کا کٹا ہوا ہاتھ ہے' جس کی ایک انگلی میں ہیرے کی نہایت قیمتی انگوٹھی ہے۔ تب میں سوچنے لگا۔ جب ہی تو مرحوم نے مجھے اس بکس کو کھولنے سے منع کیا تھا ___ بات آئی گئی ہو گئی۔ میں مزے سے زندگی بسر کرنے لگا۔"

۵

" میری قسمت میں ابھی بہت کچھ بدنصیبی لکھی ہوئی تھی۔ میں جوانی کے بہاؤ میں بہہ گیا۔ محسن کے کہے ہوئے پر عمل کرنا چھوڑ دیا۔ روپے پیسے کو فضولیات میں صرف کرنے لگا۔

اب میرے پاس ہر وقت دوستوں کا مجمع لگا رہتا۔ ان کی صحبت میں رہ کر میرا

اخلاق و کردار سب خراب ہو گیا۔ سارے پڑے بھرے پر پانی پھر گیا۔ خوب گلچھرے اڑنے لگے۔ آخر کہاں تک ؟ ۔ سب رُپے ختم ہو گئے۔ گھر کے سازوسامان تک بک گئے۔ میں پائی پائی کا محتاج ہو گیا۔ کوئی قرض دینے کو بھی تیار نہ تھا۔ یہ رنگ دیکھ کر سارے دوست احباب کھسک گئے۔ میں اس دنیا میں پھر غم کا مارا اکیلا رہ گیا۔ نہ کوئی ہمدرد نہ ساتھی !

انسان پر جب مصیبت پڑتی ہے تو وہ بہت کچھ سوچنے کا عادی ہو جاتا ہے میں بھی اس مصیبت سے چھٹکارا حاصل کرنے کی ترکیب سوچنے لگا۔ آخر سوچتے سوچتے انگوٹھی کا خیال آیا۔ بیش قیمت انگوٹھی ! جو اس وقت میرے محسن کی قبر میں کالے بکس کے اندر ان کے مرحوم لڑکے کے داہنے ہاتھ کی انگلی میں تھی !

یہ خیال آنا تھا کہ میری آنکھیں مُسرّت سے چمکنے لگیں۔ دل مارے خوشی کے بلیوں اچھلنے لگا ۔ ہیرے کی انگوٹھی ! ۔ بیش بہا بیش قیمت ! میری تکلیفوں کے دور کرنے کا واحد ذریعہ ! ۔ اور میں نے اسی وقت انگوٹھی کو حاصل کرنے کا مصمم ارادہ کر لیا ۔

میں اپنے محسن کے سارے احسانات فراموش کر چکا تھا۔ اب ان کی نصیحتیں بھی یاد نہیں رہی تھیں ۔ میرے دل و دماغ پر نفس کا غلبہ چھا چکا تھا۔ مجھ پر شیطان نے سایہ کر رکھا تھا۔ میں اپنے ماضی کو بالکل بھول چکا تھا۔ اب دھن تھی تو بس یہی کہ کسی طرح انگوٹھی حاصل ہو۔"

(۶)

"وہ رات بڑی تاریک اور ڈراؤنی تھی۔ ہوا سائیں سائیں کرتی چل رہی تھی۔

ہو کا عالم تھا۔ ہر طرف ایک گہری خاموشی چھائی ہوئی تھی۔ صرف درختوں سے پتوں کے گرنے کی ہلکی ہلکی آوازیں آرہی تھیں۔

وہ سڑک جو قبرستان کو جاتی تھی، یوں تو ہمیشہ سنسان رہتی تھی مگر اس رات اور بھی سنسان تھی۔ کسی آدمی کا بھی دور دور پتہ نہ تھا۔ عجیب ویرانی چھائی ہوئی تھی۔

میں اس اندھیری رات میں کالا کمبل لپیٹے، ہاتھوں میں ٹارچ اور کدال لئے قبرستان کی طرف جارہا تھا۔ اس وقت مجھ میں نہ جانے کہاں سے بڑی ہمت اور جواں مردی آ گئی تھی۔ وہاں پہنچ کر دیکھا کہ عجیب بھیانک سناٹا چھایا ہوا ہے۔ اس پر ہول ماحول کو دیکھ کر میرا دل چند منٹ کے لئے لرز اٹھا۔ مگر فوراً ہی ہیرے کی انگوٹھی نے ذہن پر اپنا تسلط جما لیا۔

میں نے ٹارچ کی روشنی میں اپنے محسن کی قبر تلاش کی۔ ایک لمحہ کے لئے میرا ہاتھ کانپ گیا اور دماغ میں یہ خیال آیا کہ میں کیا کر رہا ہوں ـــ مگر دوسرے ہی لمحے میرے دونوں ہاتھ قبر کھودنے میں مصروف تھے۔

قبر کے اندر کے تختے بوسیدہ ہو چکے تھے۔ مجھے نیچے اترنے میں زیادہ وقت کا سامنا نہیں کرنا پڑا۔ ٹارچ کی روشنی میں قبر کی تہہ کا جائزہ لیا۔ محسن ..... تو وہاں نہ تھے۔ البتہ ان کا ڈھانچہ خوفناک شکل اختیار کئے وہاں پڑا ہوا تھا ـــ اور ان کے سرہانے ..... کالا بکس جوں کا توں رکھا ہوا تھا۔ تھوڑی دیر کے لئے میں جھجکا اور پھر تیزی سے بکس کھولنے لگا۔

نقاب پوش کی آواز غمناک ہو گئی تھی۔

"جونہی میں نے بکس کھول کر انگوٹھی کو انگلی سے اتارنا چاہا .... میرا ہاتھ جل اٹھا۔ سارے بدن میں بجلی کی ایک تیز لہر دوڑ گئی۔ پھر........ مجھے کچھ ہوش نہیں رہا۔

جب آنکھ کھلی تو دیکھا کہ صبح ہو رہی تھی میں اپنے محسن کی قبر کے پاس ہی لیٹا ہوا تھا۔ میرا دایاں ہاتھ درد کی شدت سے تڑپ رہا تھا۔ اس میں سخت جلن ہو رہی تھی۔ میں وہاں سے اٹھا اور گھر کی طرف جلدی جلدی چل دیا۔

مجھے رستے میں پانچ سال کا ایک لڑکا ملا۔ وہ اپنے مکان کے باہر کھڑا کچھ کھا رہا تھا۔ اس نے مجھے جونہی دیکھا' چیخ مار کر گر پڑا۔ میں اس کی وجہ نہ سمجھ سکا۔ ہاتھ کی بے پناہ جلن کی وجہ سے میں بے چین تھا۔ آگے بڑھ گیا۔

بازار میں کچھ لونڈے ملے۔ انہوں نے مجھے دیکھا تو پہلے تو وہ ڈرے۔ اس کے بعد وہ سب میرے پیچھے پیچھے ہو لئے۔ وہ چلا رہے تھے:

"گدھا! — گدھا!"

میں ان کا مطلب بالکل ہی نہیں سمجھ سکا۔ اور ان سے پیچھا چھڑانے کے لئے دوڑنے لگا۔ جو بزرگ راہ میں ملتے' وہ مجھے دیکھتے ہی استغفار پڑھنے لگتے۔ مگر میں ان سب کی پرواکئے بغیر بھاگتا رہا' بھاگتا رہا' یہاں تک کہ گھر پہنچا۔ اندر سے دروازہ بند کیا اور کچھ دیر تک کھڑا ہوش وحواس درست کرتا رہا۔ جلن بڑھ رہی تھی۔ درد سے بیتاب ہو کر میں لوٹنے لگا۔ آخر کچھ سوچ کر اٹھا اور ہاتھ پر پانی گرانے لگا۔ اس

سے جلن میں کمی ہوئی۔ اور جب پانی گرانا رک دیتا تو جلن پھر ہونے لگتی۔ چنانچہ میں نے چھوٹی سی بالٹی میں پانی بھر کر ہاتھ اس میں ڈال دیا۔ اس سے کافی سکون حاصل ہوا۔

پھر میں اس بڑے کمرے میں آیا، جہاں قدِ آدم آئینہ تھا۔ میں نے اپنی صورت دیکھی اور چیخ مار کر بے ہوش ہو گیا ...... بازار میں لڑکے ٹھیک ہی کہہ رہے تھے۔ میری صورت گدھے کی مانند ہو گئی تھی۔"

"گدھے کی؟" میں نے حیران ہو کر پوچھا۔

"جی ہاں! گدھے کی۔ اور اس دن سے میں نے اپنے چہرے پر نقاب ڈال رکھی ہے۔ بغل میں چوڑے منہ کی ایک بوتل ہے۔ اس میں پانی بھرا رہتا ہے۔ میرا دایاں ہاتھ ہر وقت اس میں ڈوبا رہتا ہے۔ جونہی نکالتا ہوں، جلن سے بے چین ہو جاتا ہوں۔ اور سیاہ لباس پہننے کی وجہ اس بوتل کو چھپانا ہے جس میں جلا ہوا ہاتھ ڈوبا رہتا ہے۔

اُس دن سے میں نقاب پوش کہلانے لگا ہوں جس کا صرف لباس ہی سیاہ نہیں ہے، کردار، اخلاق، رُوح، غرضیکہ ہر چیز سیاہ ہے۔ اور اس نے اپنے کیے کی بہت بڑی سزا پائی ہے۔ ایسی سزا جو ابھی تک جاری ہے۔"